Radek Knapp
Der Gipfeldieb

PIPER

Zu diesem Buch

Als Mitarbeiter der Firma Wasserbrand & Söhne besucht Ludwik Wiewurka die Wohnungen der Stadt und liest dabei nicht nur die Zählerstände ab, sondern widmet sich auch der Gemütsverfassung der Bewohner. Ludwik ist gebürtiger Pole, und der innigste Wunsch seiner Mutter ist es, dass er endlich Österreicher wird. Gegen den Willen seiner Mama ist Ludwik natürlich machtlos – immerhin aber ist er in der Lage, sein Schicksal in eine günstige Richtung zu lenken.
Ein listiger Roman über Menschenkenner und Frauenhelden, über Otis Redding und ausgebuffte Wiener, über den Blick in die Ferne und die Bedeutung des funkelnden Sternenhimmels. In der großen Tradition osteuropäischer Erzähler schreibt Radek Knapp von einem Taugenichts und Sinnsucher, der mit Geduld und dem wohlmeinenden Schicksal sein Glück zu finden hofft.

Radek Knapp, 1964 in Warschau geboren, lebt als freier Schriftsteller in Wien und in der Nähe von Warschau. Nach seinem mit dem Aspekte-Literaturpreis ausgezeichneten Erzählungsband »Franio« gelang ihm mit »Herrn Kukas Empfehlungen« ein lang anhaltender Publikumserfolg. Zuletzt erschien sein Roman »Reise nach Kalino«.

Radek Knapp

Der Gipfeldieb

Roman

Mehr über unsere Autoren und Bücher:
www.piper.de

Von Radek Knapp liegen im Piper Verlag vor:
Herrn Kukas Empfehlungen
Reise nach Kalino
Ente à l'orange
Gebrauchsanweisung für Polen
Der Gipfeldieb

Ungekürzte Taschenbuchausgabe
ISBN 978-3-492-31142-7
Dezember 2017
© Piper Verlag GmbH, München 2015
Umschlaggestaltung und -motiv: Cornelia Niere, München
Satz: psb, Berlin
Gesetzt aus der Joanna
Druck und Bindung: CPI books GmbH, Leck
Printed in the EU

1

Niemals hätte ich mich in diesem Sommer als zufriedenen Menschen bezeichnet. Das roch nach Spießigkeit, Anpassung und noch etwas, worüber ich lieber nicht nachdachte. Aber als ich die berühmte Pro-und-Contra-Liste durchging, sah es irgendwie danach aus. Ich mietete zum ersten Mal in meinem Leben eine kleine Wohnung, aus deren Fenstern man keine Autobahn, sondern einen Kinderspielplatz sah, auf dem ein riesiger Marienkäfer aus Holz thronte und wohltuende Zuversicht ausstrahlte. Meine Nachbarn spielten keine klassischen Instrumente, was in Wien einem Lottogewinn gleichkam, und sogar privat hatten sich einige Turbulenzen gelegt, sodass ich in den ruhigen Hafen des Alleinseins eingelaufen war. Aber der wichtigste Pluspunkt war der neue Job, den ich kürzlich gefunden hatte. In der letzten Zeit war es diesbezüglich nicht besonders gut gelaufen. Allein im letzten Jahr hatte ich ein paarmal ordentlich danebengegriffen. Ich war zuerst Saunaaufgießer, dann Tierpfleger des Paviangeheges im Schönbrunner Zoo gewesen, und zuletzt hatte ich als Weihnachtsengel Marzipanbonbons in Form einer goldenen Trompete auf der Straße verteilt.

Das Heizungsablesen gab anfangs auch nicht viel her. Meine Aufgabe bestand darin, mit einer kleinen silbernen Zange bewaffnet durch Wohnungen Wiens zu laufen und den Wärmeverbrauch zu überprüfen, der über den Winter angefallen war. Noch dazu waren es keine Villen oder schicke Zinshäuser, durch die ich in meiner blauen Uniform zu laufen hatte, sondern schlichte Gemeindewohnungen, die man auf der Landkarte erst suchen musste. Die Plüschstadt, wie wir Ableser Wien nannten, war wie ein Rosinenkuchen aufgebaut. In der Mitte lag das wohlschmeckende und wohlriechende Zentrum, das sich Reiche und Touristen untereinander aufteilten. Dann kam jene diffuse Schicht aus Studentenlokalen, Wohngemeinschaften und schlüpfrigen Etablissements. Und ganz außen lag der vertrocknete Teigrand aus Tausenden Gemeindebauten, in denen sich die Arbeiterschaft Tag für Tag schlafen legte. Dort warteten Millionen von Heizungen, die abgelesen und neu verplombt werden mussten.

Anfangs lief ich, so schnell es ging, durch diese Wohnungen, gab mich freundlich, aber wortkarg und sah zu, dass ich keine bleibenden Schäden an Körper und Seele davontrug.

Meine Kundschaft bestand aus schwer arbeitender und neurotischer Bevölkerung, und man vergaß mich auch zu warnen, dass in diesen Gemeindewohnungen mehr exotische Tiere lebten als am Amazonas. Aus meinem Mund kamen entweder Aufforderungen, mir die Tür zu öffnen, oder Komplimente wie: »Ihr Leguan hat die rechteckigsten Schuppen in der ganzen Stiege.« Die erste Probewoche überlebte ich nur, weil ich geistesgegenwärtig genug war, einem Mastiff, der mich bis ins Bad verfolgte, mit einem Fön heiße Luft direkt in die Schnauze zu blasen und ihn so außer Gefecht zu setzen.

Ziemlich bald aber, und zwar schon nach einigen Wochen, wurde mir klar, dass ich trotz dieser Widrigkeiten auf eine Goldader gestoßen war. Ich bekam erstaunlich viel Trinkgeld, legte mir eine erstklassige Beinmuskulatur zu und erweiterte kontinuierlich mein Wissen über die Menschheit, was ich ursprünglich durch ein Universitätsstudium zu erreichen gehofft hatte und was leider nie zustande gekommen war. So erfuhr ich zum Beispiel, dass ein physisch schwer arbeitender Mensch nach Anbruch der Dunkelheit nur ungern über sich spricht und dass in jeder dritten Wohnung ein Bild eines nackten Pärchens hängt, das auf einem überdimensionalen Schwan der untergehenden Sonne entgegenschwebt und an nichts anderes denkt als an sich selbst. Ferner wurde ich nach zweiundzwanzig Jahren endlich so in die Wiener Gesellschaft integriert, wie ich es mir immer gewünscht hatte. Niemand brachte seinen Computer in Sicherheit, sobald er meinen polnischen Akzent hörte, nie wurde ich gefragt, warum Polen so lebhaft auf einen Mercedes reagieren wie Depressive auf einen Stimmungsaufheller. Ganz im Gegenteil: Man tischte mir Bier auf, und in jeder dritten Wohnung wartete ein dampfendes Mittagessen auf mich, weil ich »durch das Stiegenlaufen so dünn geworden« war. Dass man mich gelegentlich fragte, »wie man dem Zähler so in den Hintern treten kann, dass er anfängt, sich rückwärts zu drehen«, oder wie viele Plomben ich am Tag eigentlich verlieren dürfe, änderte nichts daran, dass ich durch die tägliche Von-Tür-zu-Tür-Rennerei irgendwie auch selbst wieder in Schwung kam. So manches Rädchen, das all die Jahre stillgestanden hatte, fing langsam wieder an, sich zu drehen, und meine Laune besserte sich so, wie sich eben eine Laune bessert, wenn es mit einem aufwärtsgeht: gründlich und häufig dann, wenn man es am wenigsten erwartet. Ich schlief sogar besser und bereitete mir nach Jahren wieder eine Eierspeise mit Rosmarin zum Frühstück zu. Manchmal, wenn ich nach Feierabend mit der Straßenbahn fuhr, hatte ich sogar den Eindruck, zwischen meinen Händen tauche aus dem Nichts ein Lenkrad auf, das nur mir gehorchte. Ich sah zwar noch keine Richtung, in die ich steuern könnte, aber spätestens dann hörte ich immer meinen Großvater sagen: »Hast du mal ein Lenkrad, wird sich auch die Straße finden.«

2

Mein Großvater war Schuhmacher gewesen und hatte auf zwei Dinge geschworen: das Schicksal und einen guten Schuhleim. Er glaubte felsenfest daran, dass sich das Schicksal durch ein Zeichen oder Ereignis ankündigte. Als eine Dienstleistung für jene Dummköpfe, die sich für schicksalsresistent und überhaupt für etwas Besseres hielten. Als mein Großvater jung war, erschien ihm im Traum ein Mann, der Hitler sehr ähnelte und mit einem löchrigen Reissack durch die Stadt ging und, ohne es zu merken, seinen Reis verlor. Als der Mann zu Hause ankam, war der Sack leer, und er hatte nichts zu essen. Wenig später brach der Zweite Weltkrieg aus, und mein Großvater hatte als Einziger im Dorf einen großen Reisvorrat angelegt, der ihn ein Jahr über Wasser hielt.

Bei mir wusste das Schicksal offenbar, dass ich mir einen Traum kaum merken, geschweige denn ihn deuten konnte. Also schickte es mir einen Abgesandten, um mich zu informieren, dass ich mein Lenkrad bald ziemlich dringend brauchen würde, um nicht von meiner neuen Straße abzukommen.

Es passierte beim Ablesen, was schon ein Wink mit dem Zaunpfahl war, und noch dazu in der Großfeldsiedlung, die für zwei Dinge bekannt war: für Leute mittleren Alters, die die Gabe besaßen, das Arbeitslosengeld in eine Behindertenrente zu überführen, die irgendwann fließend in die Pension überging. Und für vitale Teenager, die ihren Fortpflanzungstrieb überall auslebten, nur nicht im Schafzimmer. Es war schon gegen Ende meines Arbeitstages, als ich an eine Tür klopfte, die verdächtig gut in Schuss war. Als Ableser konnte ich inzwischen eine Tür lesen wie eine Zigeunerin aus der Hand eines verliebten Alkoholikers. Diese Tür vor mir war verdächtig sauber und unauffällig, und das sollte schon etwas heißen. Als sie sich öffnete, erblickte ich einen Mann, der nicht zu meiner üblichen Kundschaft passte. Er war normal gekleidet und hatte ein sympathisches Gesicht, das sagte, ich habe keine Probleme und werde auch nicht so bald welche haben. Er zeigte mit einer freundlichen Geste in seine Wohnung und sagte: »Wir warten schon auf Sie. Bitte, walten Sie Ihres Amtes.« Ohne darauf einzugehen, wer mit dem »wir« gemeint war, bat er mich einzutreten. Sobald ich die Wohnung betreten hatte, wusste ich, dass etwas nicht stimmte. Sie war nett und schlicht eingerichtet, aber mein Ableserinstinkt meldete mir so etwas wie eine fremde Präsenz, ohne dass ich genau sagen konnte, worin sie bestand. Auch hing ein seltsamer Geruch in der Luft, der nicht in eine Wohnung gehörte. Es roch nach Land und nach etwas, das ich nicht ausmachen konnte. Wie immer fing ich mit der Küchenheizung an und arbeitete mich Richtung Wohnzimmer, wo ich die Ablesung üblicherweise beendete. Man durfte nie die Ablesung im Bad enden lassen, sondern immer nur im Wohnzimmer. Aus einem unerfindlichen Grund sind die Leute in

Räumen, wo es Fliesen gibt, besonders geizig. Ich kann mich jedenfalls nicht erinnern, jemals in einem Bad ein Trinkgeld bekommen zu haben.

Während ich mich Richtung Ziel vorarbeitete, schaute ich mich in der Wohnung um. Es gab weit und breit keine Bildschirme, nicht einmal einen Fernseher. Stattdessen standen überall alte Möbel und Glasvitrinen, in denen altes Geschirr lag.

Auf dem Weg zur letzten Heizung fiel mir eine angelehnte Tür auf. Von dort ging der rätselhafte Geruch aus, der in der ganzen Wohnung hing. Der Wohnungsinhaber war in der Küche, und ohne lange nachzudenken, schlich ich mich zu der angelehnten Tür und öffnete sie. Vor dem Fenster neben einer Vitrine voller Porzellan stand ein lebendiger Esel. Er war nicht größer als ein Pony und hatte eine rötlich schwarze Mähne. Seine Hufe waren mit Tüchern umwickelt.

Ich hatte schon viele Tiere in Kabinetten oder Abstellräumen angetroffen, und es waren weitaus gefährlichere darunter gewesen als ein Esel. Aber dieser hier sah so deplatziert aus wie ein UFO. Er blickte in meine Richtung und betrachtete mich mit einem Blick, als wäre endlich das eingetroffen, worauf er schon lange gewartet hatte. Er setzte sich in Bewegung und kam auf mich zu. Die Tücher um seine Hufe verhinderten das Klappern auf dem Parkettboden. Er blieb vor mir stehen und beschnupperte vorsichtig den linken Ärmel meiner Uniform. Genau an der Stelle, wo ich vor ein paar Tagen Orangensaft verschüttet hatte. Ich wusste selber nicht, wann, aber ich legte dem Esel vorsichtig die Hand auf die Flanke. Sein Fell fühlte sich erstaunlich flauschig an. Eine Weile standen wir einfach so da, und dann drehte der Esel den Kopf zum Fenster, als wollte er mir etwas Wichtiges zeigen. Ich folgte seinem Blick, sah aber nur Gemeindebauten und den Supermarkt, wo ich mir in der Früh Mineralwasser gekauft hatte. Der Esel machte eine Kopfbewegung, als würde er mich auffordern, noch einmal genauer hinzusehen. Und da wurde mir klar, dass er nicht auf das gegenüberliegende Haus blickte und auch nicht auf die Stadt dahinter. Sein Blick ging durch die Mauern hindurch, über die Stadt und das Land hinaus, als würde er ein Ereignis sehen, das mir bald widerfahren würde.

Mir lief ein Schauer den Rücken herunter, denn ich war mit Tieren aufgewachsen und nahm so etwas sehr ernst. »Was willst du mir sagen?«, flüsterte ich. »Was ist da drüben?«

Der Esel sah mich an wie jemand, der seine Botschaft überbracht und seine Sache erledigt hatte. Ich tätschelte ihm die Mähne, und er ließ sich diese Liebkosung gerne gefallen.

In diesem Moment betrat der Wohnungsinhaber das Kabinett. Er erschrak, als er mich bei dem Esel erblickte, und schätzte blitzschnell die Situation ein.

»Alles in Ordnung mit Ihnen?«, fragte er und kam rasch auf mich zu. »Tut mir außerordentlich leid. Ich hätte Ihnen sagen sollen, dass ich ein Tier im Hause habe.«

»Es ist nichts passiert«, beruhigte ich ihn. »So etwas sehe ich jeden Tag.«

»Ach wirklich?«, fragte er und schaute auf den Esel.

Er führte ihn vom Fenster weg und erklärte: »Wir wohnen auf dem Land und mussten über das Wochenende wegen der Ablesung in die Stadt. Ich konnte ihn dort nicht so lange allein lassen.«

»Er ist also wegen mir hier?«

»Das kann man so sehen.«

Der Mann tätschelte dem Esel die Flanke und sagte zu ihm wie zu einem Menschen: »Jetzt haben wir die Sache mit dem Herrn Ableser erledigt, stimmt's? Jetzt dürfen wir wieder nach Hause. Freust du dich?«

Der Esel schloss dankbar die Augen, als würde ihm nicht nur die Liebkosung seines Herrn, sondern auch die menschliche Sprache gefallen.

»Ich muss langsam weiter«, sagte ich. »Begleiten Sie mich noch zur Tür?«

Ich warf einen letzten Blick auf den Esel und verließ das Kabinett. Als wir die Unterlagen unterschrieben und ich schon mit einem Fuß aus der Tür war, hielt mich der Mann zurück.

»Ich hoffe, Sie erzählen das nicht den Nachbarn. Sie wissen, wie die Leute sind. Eine Anzeige ist bei uns schnell gemacht.«

»Keine Bange, ich werde es niemandem verraten. Außerdem würde es mir sowieso niemand glauben. Auf Wiedersehen.«

»Auf Wiedersehen.«

Als sich die Tür schloss, ging ich zum großen Fenster am Gang. Ich stand eine Weile einfach da und sah hinaus. Mein Blick segelte plötzlich in die Vergangenheit. Ich sah auf einmal meinen Großvater, wie er den Finger hob und zu mir sagte: »Ein Pferd in der Luft sehen heißt, eine wichtige Nachricht bekommen. Leider wird sie von einem unzuverlässigen Boten gebracht.«

Spätestens da hätte mir ein Licht aufgehen müssen, dass sich etwas über mir zusammenbraute. Aber was tat ich? Ich schüttelte den Kopf, als hätte ich noch nie ein größeres Märchen gehört, und klopfte an die nächste Tür.

3

Dass meine Mutter dieser unzuverlässige Bote sein würde, hätte ich mir denken können. Sie hatte mir schon das ein oder andere Mal wichtige Nachrichten überbracht. Die erste hatte darin bestanden, mich unmittelbar nach meiner Geburt für die nächsten Jahre bei den Großeltern abzusetzen. Sie war erst wieder aufgetaucht, als ich zwölf war, und hatte mich nach Wien geholt, um, wie sie damals sagte, dort ein besseres Leben zu führen. Damit meinte sie einen groß gewachsenen Mann, mit dem sie ihr restliches Leben verbringen wollte. Zum Glück für alle Beteiligten machte sich dieser Riese nach einem Jahr aus dem Staub, was meine Mutter nicht daran hinderte, nach anderen Ersatzvätern zu suchen, die sie mir mit großer Regelmäßigkeit vorstellte.

Wir lebten damals in einer kleinen Wohnung, an der praktisch alle Autos vorbeifuhren, die es in Wien gab. Irgendwann in diesem Lärm und nach einem neuen Ersatzvater dämmerte mir, dass ich so schnell wie möglich auf eigenen Beinen stehen sollte, wenn ich keine bleibenden Schäden an meiner Psyche davontragen oder, noch schlimmer, eins von diesen Muttersöhnchen werden wollte, die ihr Leben lang von gestörten Frauen wie von Magneten angezogen werden. Dabei war meine Mutter alles andere als gestört. Ihr

Problem bestand darin, dass sie sich mit zwanzig eines unglücklichen Architekturstudenten erbarmt und ihn so gründlich getröstet hatte, dass ich neun Monate später zur Welt kam. Von diesem Studenten hörten und sahen wir beide anschließend nicht viel, was meine Mutter zu der Überzeugung brachte, dass alle Männer hinterhältig und egoistisch waren. Sie hielt daher auch mich für einen potenziellen Egoisten, dem man rechtzeitig das Handwerk legen sollte. Erst nachdem ich ausgezogen war und mich diesen Eingriffen entziehen konnte, kehrte zwischen uns wieder ein normales Mutter-Sohn-Verhältnis ein, was immer normal in diesem Fall bedeutete. Es bestand darin, belanglose Telefonate zu führen, einmal in der Woche bei meiner Mutter vorbeizuschauen, um eine bestimmte Menge von Palatschinken zu essen, die sie unter meinen Blicken zubereitete, und das Thema Vergangenheit möglichst gut zu umschiffen.

Eine Woche nach dem Zwischenfall mit dem Esel kam ich wie üblich bei meiner Mutter vorbei und nahm in der Küche Platz. Sie stand am Herd, neben ihr auf der Anrichte wuchs die Palatschinken-Pyramide. In mancherlei Hinsicht war meine Mutter eine durch und durch slawische Frau, also eine, die in ihrer Küche nicht nur kochte, sondern auch fernsah, über essenzielle Themen diskutierte und eines Tages wohl auch sterben würde. Nachdem ich die ersten Palatschinken verschlungen hatte, fragte sie mich ein wenig nach meiner Arbeit aus. Sie hielt sie bei Weitem nicht für so bedeutend wie ich, fragte aber trotzdem immer wieder nach, ob mir etwas Skurriles zugestoßen sei. Vor allem Tiere interessierten sie. Sie schaute leidenschaftlich gern Naturfilme, besonders solche, in denen es um Afrika ging, das ihr von allen Kontinenten am meisten am Herzen lag. Also berichtete sie mir auch an diesem Tag ausführlich von einer Antilopenart aus Äquatorialafrika, die eine Tränke auf hundert Kilometer Entfernung mit ihrem Geruchssinn finden konnte. Als ich schon dachte, es werde nichts mehr außer Palatschinken und Antilopen geben, wechselte sie ganz unerwartet das Thema:

»Weißt du, ich habe dich eigentlich nie gefragt, ob du dich in deiner Haut wohlfühlst«, sagte sie, während sie mir eine Palatschinke auf den Teller legte. So eine Frage sah ihr nicht ähnlich, geschweige denn die gestelzte Wortwahl.

»In meiner Haut? Wie meint Mama das?« Ich sprach meine Mutter immer in der dritten Person an. Das hatte ich schon als kleiner Junge getan, und wahrscheinlich würde ich es noch als alter Mann tun.

»Du weißt doch, was Haut ist, oder? Also, wie fühlst du dich in deiner Haut, Ludek?«

Ludek war die Koseform für meinen eigentlichen Namen Ludwik.

»Ich fühle mich gar nicht schlecht«, antwortete ich, und das stimmte auch. Allerdings ließ dieses Gefühl gerade jetzt spürbar nach.

»Ich meine nicht konkret, wie du dich als Mensch fühlst, sondern als ein Bürger eines Landes, über das in der Zeitung nur als ein Land voller Autodiebe und Krimineller geredet wird.«

Ich atmete auf. Das war nur eine Überleitung zu

ihrem zweiten Lieblingsthema: der schlechte Ruf unserer polnischen Landsleute in Wien. Ich staunte nur, wie sie jetzt darauf kam. Außerdem kannte sie meine Meinung und wusste, dass sie von ihrer eigenen abwich. Aber offenbar sprang das Thema aus ihr heraus wie das Teufelchen aus der Schachtel, und sie war wie immer machtlos dagegen.

Also versuchte ich es zum hundertsten Mal: »Wie Mama weiß, leide ich darunter weniger, als ich sollte. Ich bin zwar gegen meinen Willen hergekommen, aber es ist trotzdem schon viel zu lange her, um mich noch als Emigrant zu fühlen. Meine Emigration ist verjährt.«

Sie tat so, als hätte sie meinen Seitenhieb nicht bemerkt.

»Das bestreitet auch niemand. Aber du musst zugeben, dass gerade wir es sind, die ausbaden müssen, was das Gesindel aus Radom und den anderen Löchern hier anrichtet. Ich muss schon flüstern in der U-Bahn, wenn ich polnisch rede. Du verstehst das nicht. Denn du fährst ja überallhin mit dem Rad.«

Ich gab meine Standardantwort: »Das ›Gesindel‹ ist arm. Und wenn der Westen nicht hinüberfährt und der Armut vor Ort nicht unter die Arme greift, kommt die Armut hierher und hilft sich selbst. Wenn sich also jemand schämen sollte, dann der Westen.«

»Sag das mal der Kronenzeitung. Die ist nicht so philosophisch eingestellt. Hast du gehört, was neulich diese Hinterwäldler wieder angerichtet haben? Sie wollten eine Juweliersauslage mit einer elektrischen Kreissäge knacken. Mittendrin ging ihnen der Strom aus, und sie fragten den Juwelier, den sie berauben wollten, ob sie bei ihm die Batterien aufladen dürften. Wir sind nicht nur kriminell, wir sind auch strohdumm. Sogar die Serben sind klüger. Die fahren wenigstens Vollgas mit einem Auto in die Auslage!«

»Andererseits ist eine elektrische Kreissäge ziemlich umweltbewusst. Das gibt sicher Pluspunkte von Greenpeace.«

»Das ist nicht witzig, Ludek. Ehrlich, manchmal frage ich mich, warum wir nicht als Franzosen, Italiener oder meinetwegen sogar Amerikaner auf die Welt gekommen sind.«

»Amerikaner? Also, ich weiß nicht.« Ich strich mir Marmelade auf meine Palatschinke und hob die Gabel zum Mund. »Würde Mama endlich auf den Punkt kommen? Ich fange schon zum fünften Mal die gleiche Palatschinke an.«

Meine Mutter schob die Palatschinke von mir weg. Dann sagte sie in feierlichem Ton: »Was wäre, wenn ich etwas gegen unsere Scham gefunden hätte? So, dass du dich plötzlich wohl in deiner Haut fühlen würdest?«

»Dann würde ich sagen, Mama kann zaubern. Erstens müsste das meinen Akzent auslöschen, was ich seit zwanzig Jahren vergeblich versuche. Zweitens müsste Mama die Vergangenheit ungeschehen machen. Und drittens ist es ja nicht nötig, denn ich schäme mich gar nicht.«

»Noch nicht. Weil du jung bist, obwohl wir darüber diskutieren sollten, ob vierunddreißig wirklich noch jung ist. Außerdem kannst du nicht ewig Rad fahren. Irgendwann kommt jeder auf die U-Bahn.«

»Worauf will Mama hinaus?«

»Darauf, dass ich ein Geschenk habe, das alles mit einem Schlag löst. Vielleicht nicht hundertprozentig, aber doch in großem Maße.« Sie machte ein Gesicht, als hätte sie im Lotto gewonnen.

»Was für ein Geschenk?«, fragte ich.

»Sekunde, ich hole es. Warte hier!«

Ohne ein weiteres Wort zu verlieren, verschwand sie ins Wohnzimmer, und ich hörte sie etwas murmeln. Sie murmelte immer, wenn sie etwas suchte.

Schließlich kam sie mit einem Päckchen zurück und hielt es mir hin. »Öffne es bitte.«

Ich befreite das Geschenk von dem Papier und holte es hervor. Ich sah sie fragend an. »Ein Hemd? Aber ich habe erst in ein paar Monaten Geburtstag.«

»Das Hemd habe ich gekauft, damit du nicht wie ein Sandler aussiehst, wenn du ins Rathaus gehst.«

»Warum soll ich ins Rathaus gehen?«, fragte ich erstaunt.

»Darum.« Sie holte einen Umschlag aus der Schublade mit den Gewürzen und legte ihn vor mich hin. Er sah sehr offiziell aus. Er musste schon mindestens zwei Tage in der Schublade gelegen haben, denn er roch bereits nach Rosmarin.

Ich nahm ihn in die Hand, um ihn zu öffnen, aber das hätte ich mir sparen können. Wenn meine Mutter außer Naturfilmen noch etwas nicht widerstehen konnte, dann waren das verschlossene Umschläge, die nicht an sie adressiert waren. Das Schreiben sah offiziell aus, was die aufgekratzte Stimmung meiner Mutter erklärte. Das Schreiben war fein säuberlich auf schönem Papier gedruckt und folgenden Inhalts:

»Die Republik Österreich freut sich, Ihnen mitteilen zu dürfen, dass Ihnen die österreichische Staatsbürgerschaft zuerkannt wurde.«

Dann folgten mein Name und der Termin der Verleihung. Sie war für die nächste Woche angesetzt.

»Es löst natürlich nicht die Probleme, über die wir gerade geredet haben«, sagte meine Mutter, »und es wird genauso wenig deinen polnischen Akzent mit einem Schlag auslöschen. Aber es ist ein Schritt in die richtige Richtung.«

Es gab ein paar Worte, auf die ich schon seit meiner Kindheit allergisch reagierte. Eines davon war die »richtige Richtung«. Besonders, wenn es aus dem Mund meiner Mutter kam. Ich legte die Benachrichtigung zur Seite, als wäre es irgendeine Reklame, und sagte:

»Ist Mama eigentlich der Gedanke gekommen, mich vorher zu fragen, ob ich das will? Ganz besonders, weil es etwas ist, was mich in die ›richtige Richtung‹ bringen soll?«

»Was meinst du damit?«

»Ich meine, dass ich schon einmal in die richtige Richtung gebracht wurde. Als mich Mama damals von meinen Großeltern aus Polen entführt hat.«

»Wie kannst du das vergleichen?«, wehrte sie sich. »Ich habe nur meinen Sohn zu mir geholt, das würde jede gute Mutter tun.«

»Und ich habe ein Jahr lang darum gebettelt, wieder zurückkehren zu dürfen, weil ich es hier nicht aushielt.«

»Du wirst es mir nie verzeihen, oder?«, fragte sie und fing an, im Schrank nach etwas zu suchen. Sie tat es jedes Mal, wenn wir auf dieses Thema kamen. Am liebsten hätte sie sich in so einem Moment im Schrank versteckt. Ich ließ es gut sein und wandte mich wieder der Staatsbürgerschaft zu. Besonders eins ließ mir keine Ruhe. Ich hielt das Schreiben hoch und fragte:

»Wie komme ich überhaupt zu dieser Ehre? Soviel ich weiß, sind Staatsbürgerschaften keine Gutscheine, die man einfach mit der Post bekommt. Man muss darum ersuchen und eine Menge Papierkram erledigen. Und ich habe das bestimmt nicht getan, daran würde ich mich erinnern.«

»Aber ich«, gestand meine Mutter, froh über den Themenwechsel. »Und zwar, als du noch nicht volljährig warst. Ich habe damals einfach alle Papiere hingebracht und das Formular in deinem Namen unterschrieben.«

»Und warum hat mir Mama davon nichts gesagt? Von diesem Schritt in die richtige Richtung?«

»Du warst damals ein Teenager und hättest dich dafür nicht interessiert. Außerdem ging es damals bei mir drunter und drüber. Und dann habe ich es, ehrlich gesagt, vergessen. Als ich den Brief gestern aus dem Postkasten gezogen habe, musste ich auch zweimal hinschauen. Es ist alles in bester Ordnung, die im Rathaus haben mir das bestätigt. Sie haben sogar selber gesagt, dass es dir das Leben hier sehr erleichtern wird.«

»Aber nur wenn ich es annehme. Und das muss ich mir wirklich gut überlegen.«

»Natürlich. Es ist deine Entscheidung, Ludek. Aber hör zumindest auf, diese Staatsbürgerschaft als ein Virus anzusehen. Schließlich laufen zurzeit acht Millionen Österreicher herum. Sehen die etwa krank aus? Ich meine, kränker als die Deutschen oder die Amerikaner? Sieh die neue Staatsbürgerschaft doch als Antibiotikum an gegen das, was noch kommt. Und außerdem ist ein österreichischer Reisepass wirklich nicht zu verachten. Du brauchst ab jetzt zum Beispiel keine Arbeitserlaubnis mehr, und du kannst reisen, wohin du willst.«

Ich verstummte und dachte nach. Ich war nicht begeistert von diesem unerwarteten Antibiotikum. Noch dazu, wenn es von meiner Mutter verabreicht wurde. Was meine Pension anging, würde ich sie sowieso kaum erleben, und eine Arbeit hatte ich auch schon. Aber ein österreichischer Pass machte wirklich was her. Je länger ich darüber nachdachte, desto mehr stellte ich fest, dass von allen Entscheidungen, die meine Mutter bis jetzt in meinem Namen getroffen hatte, diese noch die beste war. Das war allerdings auch nicht schwer.

»Eines versteh ich aber nicht. Warum haben die fünfzehn Jahre dafür gebraucht? Warum wollen sie sie mir denn ausgerechnet jetzt verleihen?«

»Vielleicht, weil du zum ersten Mal einen Job hast, wo du versichert bist. Oder weil du bald Geburtstag hast. Was weiß ich. Musst du denn immer so misstrauisch sein?«

Ich betrachtete noch einmal das Dokument. Die Verleihung sollte tatsächlich schon nächste Woche über die Bühne gehen.

»Das ist ja schon nächsten Dienstag.«

»Und damit sind wir bei deinem Hemd. Wehe, du ziehst ein anderes an. Dieses wird dir gut stehen, und es wäre etwas respektlos, an so einem Tag in irgendwelchen Fetzen zu erscheinen.«

Mit Fetzen meinte sie meine anderen Hemden. Ich hatte einen geradezu ominösen Verschleiß an Hemden, der mich schon seit meiner tiefsten Jugend verfolgte.

»Ich sehe, was ich tun kann. Kriege ich noch eine Palatschinke? Es sei denn, darinnen steckt noch irgendein Bescheid?«

»Nur, wenn du versprichst, mich anzurufen, sobald du das Papier in der Hand hältst. Gleich nachdem du das Rathaus verlassen hast. Ich würde ja mitkommen, wenn ich nicht arbeiten müsste.«

»Ich denke, das lässt sich machen.«

Wir verstummten und sahen einander an. Ich weiß nicht, worüber sie nachdachte, aber mich interessierte in diesem Moment nur eines: Wie würden mir ihre Palatschinken schmecken, wenn ich erst mal Österreicher war? Allein um das herauszufinden, konnte es nicht schaden, ins Rathaus zu gehen. Aber schon jetzt sagte mir etwas, dass ich keinen Unterschied merken würde.

4

Ich hielt mein Versprechen und zog mir das neue Hemd für die Verleihung an. Es war allerdings auch nicht so, dass ich große Alternativen gehabt hätte. Allerdings verschwieg ich meiner Mutter, dass ich mit dem Fahrrad zur Staatsbürgerschaftsverleihung fuhr. Sie hätte das für eine Art Blasphemie gehalten, aber es gab in der Verfassung nirgendwo einen Paragrafen, der es verbot, zu einer Staatsbürgerschaftsverleihung zu radeln. Ich wollte dadurch keineswegs die U-Bahn vermeiden. Ich mochte das Rad nicht einmal besonders, es war ein ziemlich unbequemes Verkehrsmittel, und noch weniger konnte ich mich für andere Radfahrer erwärmen. Aber das Rad war eine perfekte Abgrenzungsmaschine. Man suchte sich ein eigenes Tempo und war sofort vom übrigen Verkehr ausgeklammert. So wie ein X in einer Gleichung, dem die anderen Ziffern nichts anhaben konnten. Man war da und doch nicht da, genauso wie der Soldat Schwejk, der sich in einer Schlacht auf einem Baum versteckte und beide Armeen gleichzeitig anfeuerte.

Als ich an diesem Vormittag durch die Straßen Richtung Rathaus radelte, verbarg ich mich wieder in dieser Klammer und ließ den Blick schweifen. Da war ich schon so lange in der Plüschstadt und wusste noch immer nicht, was ich von ihr halten sollte. In der Zeitung stand, dass das eine der lebenswertesten Städte der Welt war. Und das stimmte auch, wenn man ein Tourist war oder ein Oligarch. Die ganze Welt glaubte, dass die Straßen Wiens voller Menschen waren, die tagsüber nur in Kaffeehäusern saßen, ihren Veltliner tranken und über das Wetter redeten. Und je mehr sie herumsaßen und übers Wetter redeten, desto besser sahen sie aus und desto mehr Geld hatten sie.

In Wahrheit aber war Wien ein stilles Wasser. Was hinter den schmucken Fassaden passierte, stand in keinem Reiseführer. Eigentlich war Wien ein großes Museum, in dem zwei Millionen Museumswärter auf engstem Raum lebten und fortwährend über den Tod redeten. Das Leben war in den Keller gewandert und fand unterirdisch statt. Die Zeitungen berichteten ständig von Leuten, die jahrelang ihre Wohnungen nicht verlassen wollten, sodass man sie schließlich sogar mit Gewalt ans Tageslicht holen musste.

Als ich zum Schottentor kam, erblickte ich einen weiteren Bewohner, über den man nicht in Zeitungen schrieb. Eine Ratte lief den Gehsteig hinunter und war nicht menschenscheu. Sie benahm sich, als wäre sie kurz aus ihrem Bau gesprungen, um ein paar Einkäufe zu erledigen. Zuerst kam sie zu einem Handygeschäft, für das sie kein Interesse zeigte, schaute dann bei der Buchhandlung vorbei und blieb erst vor dem Schaufenster eines Küchengeschäfts stehen. Sie schien sich für den gleichen Milchkocher zu interessieren, den ich letztes Jahr gekauft hatte. Es war schade, dass man keinen Tierfilm über Wiens Ratten gemacht hatte. Sie waren aber nun mal nicht so graziös und elegant wie Antilopen.

Kurz bevor ich zum Rathaus kam, erblickte ich noch eine Wiener Eigenheit, die in keinem Reiseführer stand, aber doch an der Tagesordnung war. Ein unsympathischer Bettler redete auf eine elegante ältere Frau ein, die aussah, als wollte sie jeden Moment die Polizei rufen. Nach kurzer Überlegung griff sie in ihre Tasche und holte zur Verblüffung aller einen großen Geldschein heraus. Man darf hier die Leute nie nach ihrem Äußeren beurteilen. Die Wiener sind erstklassige Schauspieler, und man weiß nie so recht, was in ihnen vorgeht.

Als ich wenig später vor dem Rathaus ankam, kettete ich mein Rad neben einem Baum an und marschierte zum Eingang. Dort saß hinter Glas ein Beamter in einer grauen Uniform. Er hatte mächtige Vorderzähne wie ein Feldhase, die sozusagen ständig an der frischen Luft waren, weil seine Oberlippe zu klein geraten war. Er fragte mich nach meinem »Ansinnen«. Er sagte tatsächlich: »Was ist Ihr Ansinnen?«, und ich fand ihn gleich sympathisch. Wenn jemand Wörter verwendet, die vom Aussterben bedroht sind, dann muss man ihn einfach mögen. Sogar, wenn er eine Uniform anhat.

Er überflog mein Schreiben und gab mir dann einen Plan des Rathauses. »Die Zeremonie findet in Saal 7 statt. Halten Sie sich an die Pfeile, und versuchen Sie keine Abkürzungen«, belehrte er mich und präsentierte sein Gebiss. »Uns sind schon deswegen ein paar Staatsbürger auf dem Weg zur Verleihung verloren gegangen.«

Ich bedankte mich und versuchte, nicht zu sehr auf seine Hasenzähne zu starren.

Der Plan war wirklich hilfreich. Wer immer das Rathaus gebaut hatte, er war ein naher Verwandter des Dädalus. Oder er hatte einen defekten linken Scheitellappen, der bekanntlich für das räumliche Denken verantwortlich ist. Ich verlief mich nur einmal und fand schließlich in den Gebäudeteil, in dem die Zeremonie stattfinden sollte.

Ich betrat ein großes Wartezimmer, in dem noch zwei andere Staatsbürgerschaftsanwärter saßen. Es war ein türkisches Ehepaar mittleren Alters. Gemessen daran, wie nervös die Frau ständig ihr Kopftuch zurechtzupfte, musste sie diejenige sein, um die es ging. Der Mann wirkte vollkommen ruhig und war bestimmt nur ihre Begleitung. Ich hatte einmal gelesen, dass türkische Männer Weltmeister im Begleiten ihrer Frauen waren. Sie begleiteten sie praktisch überallhin.

Die beiden nickten mir zur Begrüßung freundlich zu, ich nickte zurück und nahm auf der Bank vor Saal 7 Platz. Nachdem ich mich hingesetzt hatte, tat ich das, was alle Wartenden tun. Ich sah mich um, ob es etwas Interessantes im Raum gab, und nahm anschließend die Wände ins Visier. Sie waren aus schönem dunklen Holz, und überall hingen Bilder von ehemaligen österreichischen Präsidenten. Es gibt nichts Langweiligeres als ein Politikergesicht, aber da ich nichts Besseres zu tun hatte, fing ich an, die Präsidentengesichter auf gemeinsame Merkmale zu untersuchen. Politikergesichter sind sich auf magische Art ähnlich, und ab dem fünfzigsten Lebensjahr sehen sie praktisch identisch aus. Das einzige auffällige Merkmal ist der überentwickelte Unterkiefer, den Politiker bekommen, weil sie alle in denselben versnobten Restaurants stundenlang einen überteuerten Tafelspitz kauen.

Aber etwas Interessantes fand ich doch. Alle Präsidenten trugen die gleiche rot-weiß-rote Krawatte. Als wäre diese Krawatte ein Wanderpokal, den einer dem anderen nach dem Tod vermachte. Leider konnte ich über dieses Detail nicht allzu lange nachgrübeln, weil die Tür zum Zeremoniensaal aufging und ein kleinwüchsiger Beamter auf den Flur trat. Er war etwa in meinem Alter und steckte in einem gelben Anzug. Er besaß die gleiche rot-weiß-rote Krawatte wie die Präsidenten auf den Bildern. Und er wirkte, als wäre er in Eile.

Er nahm mich und das türkische Ehepaar ins Visier und fragte: »Wer von Ihnen ist Ludwik Wiewurka?«

Ich hob die Hand. Ich wollte etwas antworten, aber dann passierte etwas Merkwürdiges mit meinen Stimmbändern. Sie hörten auf zu existieren. Der Beamte warf mir einen prüfenden Blick zu, und auf seinem Gesicht erschien ein Lächeln, das das Spektrum von zurückhaltend bis angenehm überrascht abdeckte.

»Darf ich Sie dann hereinbitten.« Er zeigte in sein Büro. »Es ist unüblich, Staatsbürgerschaften auf dem Flur zu verleihen.«

Das war zwar als Scherz gemeint, aber irgendwie steckte darin die unausgesprochene Aufforderung, dass ich in Galopp verfallen sollte.

Wir betraten ein geräumiges Büro mit imposanten alten Möbeln. In die Zimmerdecke war der österreichische Adler von der Größe einer Cessna eingearbeitet, sodass man sich instinktiv bückte.

Der Beamte nahm an seinem Schreibtisch Platz und zeigte auf den leeren Sessel, der für mich bestimmt war.

»Bitte setzen Sie sich. Wir werden uns dann erheben, wenn es der Anlass erfordert. Aber vorher müssen wir noch ein paar Formalitäten erledigen ...« Er machte eine schwer zu deutende Handbewegung. »Darf ich annehmen, dass Sie das Deutsche beherrschen?«

Ich nickte. Ich räusperte mich und sagte laut: »Das tue ich. Ja.«

»Wunderbar. Uns sind nämlich die Übersetzer ausgegangen.« Er zeigte auf eine verschlossene Tür zu seiner Rechten, als warteten dort normalerweise ein Dutzend Übersetzer auf ihren Einsatz.

»Bevor wir zur Tat schreiten, möchte ich, dass Sie mir folgende Daten bestätigen. Es ist, wie gesagt, nur eine Formalität.« Der Beamte zog eine Mappe hervor, auf der mein Name stand. Er blätterte darin und hielt auf einer Seite inne. »Korrigieren Sie mich bitte, wenn etwas nicht stimmt. Sie sind mit zwölf zusammen mit Ihrer Mutter nach Wien gekommen, Sie haben einige Male die Schule abgebrochen und verschiedene Gelegenheitsjobs ergriffen. Zurzeit sind Sie als technische Hilfskraft in einer Heizungsfirma beschäftigt. Ist das so weit richtig?«

»Das ist so weit richtig«, sagte ich.

Meine Mutter war offensichtlich kooperativer gewesen als die CIA. Ich fragte mich, was sie noch alles ausgeplaudert hatte.

Der Beamte beugte sich über die Akte, als hätte er dort auf einmal etwas Wichtiges entdeckt: »Ich sehe gerade, Sie sind auf die Handelsakademie am Karlsplatz gegangen. Stimmt das?«

»Das ist richtig.«

»Da war ich auch«, informierte er mich und wurde kurz sentimental: »Diese Schule war eine Wucht. Erstklassige Lehrer und fantastische Schulkollegen. Da würde man sofort wieder hin, wenn man könnte, nicht wahr?«

»Allerdings«, log ich. Vielleicht war die Handelsakademie für ihn ein Paradies gewesen, aber für mich war es die Hölle. Abgesehen von der Börse, gab es in der ganzen Stadt keinen Ort, wo so viel über Geld geredet wurde wie auf der Handelsakademie. Selbst der Physiklehrer hatte mehr Ahnung von Aktien als von Atomen.

Der Beamte nickte kurz, um die angenehmen Erinnerungen an die HAK zu verarbeiten, und wandte sich wieder an mich: »Schade, dass die guten Dinge immer so schnell vergehen. Jedenfalls freut es mich, einem ehemaligen Schulkameraden unter die Arme greifen zu können. Wenn Sie also einverstanden sind, schreiten wir jetzt zur Tat. Sind Sie bereit?«

Ich nickte wieder. Hätte ich gewusst, dass das mein letztes Nicken als Pole sein sollte, hätte ich um einiges bedeutsamer genickt. Der Beamte nahm ein Dokument aus der Schublade und hielt es hoch: »Mit dieser Urkunde verleihe ich Ihnen heute die österreichische Staatsbürgerschaft. Ich brauche Ihnen nicht zu sagen, dass dies ein feierlicher Moment ist. Daher sind wir verpflichtet, eine kleine Zeremonie zu absolvieren. Haben Sie so weit alles verstanden?«

»Ich kann Ihnen sehr gut folgen.«

»Ihr Deutsch ist wirklich ausgezeichnet. So etwas haben wir hier nicht oft«, lobte er mich. »Dann muss ich Sie jetzt bitten, aufzustehen und mir nachzusprechen. Bitte erheben Sie sich.«

Ich stand auf, und er drückte diskret einen Knopf an dem Pult, aus dem klassische Musik erklang, und begann vorzulesen: »Ich, Ludwik Wiewurka, gelobe, meinem Land Österreich zu dienen, in Friedenszeiten und im Krieg, meine Pflichten als Bürger wahrzunehmen und die Rechte zu schützen. So wahr mir Gott helfe.«

Es war schon seltsam, wie erstaunlich gut er meinen Namen hinbekam. Normalerweise war das für einen Österreicher ein Zungenbrecher. Er musste eine Menge Übung mit fremden Namen haben.

Ich wiederholte den Satz: »Ich, Ludwik Wiewurka, gelobe, meinem Land Österreich zu dienen, in Friedenszeiten und im Krieg, meine Pflichten als Bürger wahrzunehmen und die Rechte zu schützen. So wahr mir Gott helfe.«

Er schwieg mit einem feierlichen Gesichtsausdruck, damit sich mein Schwur in der Stille des Festsaals verfestigte. Dann sagte er:

»Hiermit sind Sie österreichischer Staatsbürger. Ich gratuliere Ihnen!« Er streckte mir die Hand entgegen, und ich ergriff sie. Seine Hand war so klein, als würde ihm die Hälfte der Finger fehlen.

»Ich bedanke mich herzlich«, sagte ich. Das klang reichlich albern, so als hätte man mir gerade nicht die Staatsbürgerschaft verliehen, sondern einen Gratiskrapfen geschenkt. Deshalb fügte ich hinzu:

»Ich bin verblüfft, wie schnell so eine Verleihung über die Bühne geht. Nicht einmal eine Minute! Bin ich wirklich schon österreichischer Staatsbürger?«

»Ja, das sind Sie. Und es war weder schnell noch einfach«, betonte er. »Sie haben immerhin fünfzehn Jahre darauf gewartet. Aber jetzt ist alles in trockenen Tüchern, wie man so sagt. Von nun an wird sich der österreichische Staat um Sie kümmern.«

Das war endlich der richtige Moment, mich nach etwas zu erkundigen, was mich seit dem Öffnen des Briefumschlags nicht losgelassen hatte.

»Wenn Sie es schon erwähnen – warum hat es mit der Staatsbürgerschaft eigentlich so lange gedauert? Gab es einen bestimmten Grund dafür?«

»Die Mühlen der Bürokratie mahlen eben langsam in unserem Land. Und ein wenig sind Sie auch selbst daran schuld. Ihr Name beginnt mit einem der letzten Buchstaben des Alphabets. Würde er mit A oder B beginnen, hätten wir uns schon vor ein paar Jahren hier zusammengefunden. Aber Ende gut, alles gut, wie man so sagt. Haben Sie noch weitere Fragen?« Er begann, die Dokumente zu ordnen und einige davon wieder in der Schublade zu verstauen. Sein Interesse an mir schien vollkommen erloschen zu sein. Dabei hatte er noch vor Kurzem so getan, als wäre ich der Mittelpunkt der Welt.

»Im Moment nicht. Vielen Dank.«

»Nun, wunderbar. Ah ja, eine Sache haben wir noch.«

Er nahm einen Umschlag aus der Schublade, auf

dem die Miniaturausgabe des österreichischen Bundesadlers abgebildet war, der über unseren Köpfen schwebte, und schob ihn zu mir herüber.

»Darf ich Ihnen das hier noch übergeben? Ein kleiner Willkommensgruß an einen neuen Staatsbürger.«

Da ich zu den Menschen gehöre, die in offiziellen Briefumschlägen meistens schlechte Nachrichten vorfinden, zögerte ich kurz. Aber dann riss ich den Umschlag auf und nahm zwei Tickets für ein Theaterstück heraus.

»›Odysseus, der melancholische Emigrant‹?«

»Ein passender Titel, wie ich finde. Alle Emigranten sind doch ein wenig melancholisch, nicht wahr? Sie natürlich nicht. Sie sind perfekt integriert, wie jeder, der mal an der HAK war. Aber wir brauchen ein passendes Geschenk für unsere Neuzugänge.« Er legte die Hand auf die Tickets und senkte ein wenig die Stimme. »Seien wir ehrlich. Auf diesem Gebiet gibt es noch viel aufzuholen. Übrigens, Sie können jemanden mitnehmen. Wie Sie sehen, sind es zwei Karten.«

»Muss die zweite Person ein Emigrant sein?«

Er gab meiner Schulter einen kleinen Klaps. »Ich bin froh, dass wir so einen humorvollen neuen Staatsbürger bei uns begrüßen dürfen. Humor kann es ja hierzulande nie genug geben.« Er sah diskret auf die Uhr. »Wenn Sie jetzt keine weiteren Fragen haben?«

»Im Moment habe ich nur eine große Leere im Kopf.«

»Die wird sich schon füllen. Glauben Sie mir. Aus mir spricht die jahrelange Erfahrung eines Staatsbeamten.«

Er packte meine Akte wieder zusammen und steckte sie in die Schublade zurück. Dann breitete er die Hände aus und lächelte. »Zögern Sie nicht, mich anzurufen, wenn etwas unklar ist oder Sie Hilfe benötigen. Ich bin gern für jeden österreichischen Staatsbürger da. Und ab heute auch für Sie. Und wenn Sie draußen sind, rufen Sie bitte den nächsten Kandidaten herein.«

Bevor ich antworten konnte, legte er mir leicht, aber bestimmt die Hand auf den Rücken und bugsierte mich Richtung Tür. Ich bedankte mich und verließ den Zeremoniensaal. Auf dem Flur blickte das türkische Ehepaar ängstlich zu mir auf, als wäre ich gerade aus der Praxis eines Zahnarzts getreten.

»Der Nächste soll hereinkommen«, sagte ich. Die beiden sahen einander an, als hätte ich ihnen befohlen, sich unter eine Kreissäge zu legen. Ich wünschte, jemand aus der FPÖ hätte das sehen können. Entgegen dem, was sie immer behauptete, waren offenbar doch nicht alle Ausländer so scharf auf den österreichischen Pass. Als ich das Wartezimmer verließ, hatten die beiden gerade mal den halben Weg zur Tür zurückgelegt.

Ich kämpfte mich mithilfe meines Plans wieder durch die verschlungenen Gänge, bis ich den Ausgang fand. Der Portier mit den Hasenzähnen erkannte mich gleich und grinste: »Und? Hat es wehgetan?«, fragte er lächelnd.

»Nein, ich lebe noch. Möchten Sie den Plan zurück?«

»Behalten Sie ihn als Andenken«, winkte er ab, und dann senkte er die Stimme, als fürchtete er, belauscht zu werden: »Ich beneide Sie«, flüsterte er, »ich hätte die Staatsbürgerschaft auch lieber erst als Erwachsener bekommen. Aber wir Österreicher bekommen sie alle in die Wiege gelegt. Das macht keinen Spaß, wissen Sie.«

Ich nickte. Hätte ich in diesem Moment daran gedacht, dass es mein erstes Nicken als Österreicher war, hätte ich um einiges bedeutsamer genickt.

5

Ich weiß nicht, was mich juckte, zu »Odysseus, der melancholische Emigrant« zu gehen. Ich war kein großer Theaterfreund. Früher war ich wirklich ganz gern ins Theater gegangen, sogar lieber als ins Kino. Aber dann wurden die Stücke irgendwie schlampig und fingen an, die Handlung zu vernachlässigen. Statt Dialoge zu führen, mussten die Schauspieler auf der Bühne lebendigen Hühnern nachjagen oder vollkommen nackt herumlaufen. Mit den Kinofilmen ging es ebenso abwärts, nur war es dort umgekehrt. Bei ihnen zählte nur noch die Handlung, und die Schauspieler hatten nur wenige Sekunden zwischen den Schießereien, um ihren Dialog anzubringen. Daher lieh ich mir lieber alte Schwarz-Weiß-Filme aus. Am liebsten Klassiker mit Audrey Hepburn oder amerikanische Komödien mit Rock Hudson.

Dass ich schließlich doch zu »Odysseus, der melancholische Emigrant« ging, lag einzig daran, dass ich an dem Abend nichts zu tun hatte. Außerdem waren die Freikarten in der dritten Reihe, und es ist immer faszinierend, wenn man so nah an der Bühne sitzt und den Schauspielern zusieht. Man kann sehen, wie sie beim Reden spucken und andere Peinlichkeiten passieren, die sie überspielen müssen. Ansonsten machte ich mir keine großen Hoffnungen. »Odysseus, der melancholische Emigrant« würde sicher nicht viel anders sein als die üblichen Stücke.

Doch als ich an dem Abend vor dem Theater stand, staunte ich nicht schlecht. Das Publikum strömte nur so in den Saal. Noch dazu war es wirklich bunt gemischt. Neben den üblichen Abonnenten erschien eine beachtliche Menge an frischgebackenen Österreichern.

Nachdem ich meine Karte vorgezeigt hatte, mischte ich mich unter die Leute, die in den Theatersaal strömten, und fand schnell meinen Platz.

Ich saß in der dritten Reihe neben zwei Bauarbeitern aus Polen, die offenbar gerade erst vom Gerüst heruntergestiegen waren. Sie trugen noch ihre Arbeitskluft, und einer von ihnen roch stark nach Benzin. Ein paar Sitze weiter erblickte ich das türkische Ehepaar. Sie saßen still nebeneinander, wie im Wartezimmer, und wirkten ähnlich nervös. Um uns herum elegante Damen mit Perlenketten um den Hals, ältere Männer mit jungen, gelangweilten Frauen und einige Intellektuelle, die offenbar die Neugier in die Premiere getrieben hatte.

Vielleicht liegt es daran, dass ich so viel mit dem arbeitenden Volk zu tun habe, vielleicht leide ich auch einfach unter Minderwertigkeitskomplexen, aber es gibt eine Art von Intellektuellen, die mir nicht geheuer ist. Zwei solcher Exemplare saßen hinter mir. Sie unterhielten sich lautstark über das Emigrationsproblem, indem sie Sätze miteinander tauschten wie: »Die Integration ist in unserer Epoche ebenso unentbehrlich geworden wie die Luft zum Atmen«, oder: »Das Fremde ist uns in die Wiege gelegt worden, und alles Leben ist nur Zurückfindung.« Zugleich rümpften sie die Nase und schauten auf den kleinen Arbeiter vor ihnen, der den Benzingeruch verströmte. Der kleine Arbeiter versuchte, sich noch kleiner zu machen, aber das nutzte nichts, weil sein Gefährte ihm immer wieder einen freundschaftlichen Rempler gab und mit einem Blick auf unsere Reihe sagte: »Für mich hat das Theater jetzt schon angefangen. Maurer aus Zakopane, Schafhirten aus Anatolien und Spargelpflücker aus Transsilvanien auf einem Haufen. So einen Stall kriegst du nicht mal auf dem Südbahnhof zusammen.« Der Kleinere nickte vorsichtig wie ein Automat, der sich in einer Endlosschleife verfangen hat. Zum Glück ging dann das Licht im Saal aus. Die Gespräche verstummten, dann hob sich der Vorhang.

Auf der Bühne erschien ein Gott. Und dann noch ein zweiter und ein dritter. Sie nahmen Platz auf einer Art Balkon und erklärten im Chor: »Ich bin Zeus, ich Poseidon, und ich Ares. Ab jetzt haben wir auf alles ein Auge. Sogar auf das Publikum.« Das löste Gelächter aus, denn die Götter steckten in Anzügen und sahen wie Konzernbosse aus, die mit einem Anruf zweitausend Leute entlassen. Obwohl das den »Gegenwartsbezug« ein bisschen zu übertrieben herausstrich, war es trotzdem irgendwie witzig. Es lag an den Grimassen, die die Götter machten. Danach betraten weitere Schauspieler die Bühne. Zum Schluss erschien Odysseus, der just die Bauarbeiterkluft anhatte wie die polnischen Bauarbeiter. Das sollte zeigen, dass Odysseus nichts Menschliches fremd war und dass er das Leben aus persönlicher und jahrelanger Erfahrung kannte. Das Problem war nur, dass der Schauspieler, der ihn spielte, nicht älter als fünfundzwanzig war und das Gesicht eines Rasierschaum-Models besaß. Es fiel wirklich schwer, so einem Odysseus abzukaufen, dass er ein trojanisches Pferd gebaut haben sollte und überhaupt ein großer Feldherr war. Besonders unglaubwürdig wirkte, wie er sich dem Publikum vorstellte: »Ich bin der Herr von Ithaka, Sieger über Troja und habe zehn Jahre meines Lebens für einen Krieg geopfert. Und wozu das Ganze?«

Er machte ein bedeutungsschwangeres Gesicht und fing an, seine Abenteuer zu bestehen. Während er von einem Desaster ins nächste schlitterte, gaben die Götter von ihrem Balkon herunter immer wieder ihren Senf dazu. Sie sagten zum Beispiel Sachen wie: »Dieser arrogante Schnösel will einer von uns sein? Wir werden ihm zeigen, dass er eine Null ist.« Und dann stellten sie ihn auf eine ihrer berühmten Proben.

Manchmal warfen sie noch dazu merkwürdige Gegenstände auf ihn herab, zerknüllte Papierdokumente zum Beispiel, und Odysseus tat so, als wären es Steine, die ihn fast umbrachten. Im Mittelteil dann gab es doch auch ein paar spannende Szenen. Als seine Kameraden in Schweine verwandelt wurden, sagte Circe zu Odysseus, der sich schrecklich über diese Verwandlung ärgerte: »Ich habe sie nicht verwandelt, sondern ihnen lediglich ihre wahre Gestalt zurückgegeben.«

Ein kleiner Höhepunkt war natürlich, als Odysseus bei Kalypso landete. Sie sah wirklich blendend aus und war angezogen wie eine Edelprostituierte. Kalypso wollte Odysseus die Unsterblichkeit schenken und ihn für immer bei sich behalten, was ziemlich großzügig von ihr war. Sie versprühte Charme und war überhaupt sehr geistreich. Leider machte Odysseus dabei ein Gesicht, als hätte sie ihm keine Unsterblichkeit, sondern einen drei Wochen alten Emmentaler angeboten. »Ewiges Leben ist nichts als ständige Wiederholung. Und ich bin ein Sterblicher und werde es immer sein«, sagte er mit so viel Emphase, dass es sogar die Bauarbeiter ärgerte, die ohnehin schon auf der Seite von Kalypso waren.

Der Größere flüsterte kurz zu dem Benzinmann: »Sie hat echt Klasse. Wie unsere Jola aus Ottakring. Und die Beine sind erstklassiges Solarium, sage ich dir. Dieses Nivea-Arschloch hat sie wirklich nicht verdient.«

Am Ende fand Odysseus nach zwanzig Jahren sein Ithaka und betrat seinen eigenen Palast verkleidet als Bettler. Aber wo immer er hinging, war der Palast voller Freier, die um seine Penelope buhlten. Sie saßen überall herum, spielten Videospiele oder surften auf ihren iPhones. Der desorientierte Odysseus irrte in seinem Palast umher und fand sich nicht zurecht, weil es aussah wie in einem Media Markt. Da nahm er eine Axt und zerstörte alles, was er in die Finger bekam. Er haute wirklich so zu, dass die Scherben ins Publikum flogen. Und als er fertig war, begann er, die Freier zu töten. Als er beim letzten ankam, sagte dieser zu Odysseus: »Warum tötest du uns? Wir haben dir nichts getan. Keinen umgebracht oder verletzt. Wir haben eine Strafe verdient, aber nicht den Tod.« Darauf erwiderte Odysseus: »Ihr habt versucht, meine Welt zu stehlen, und darauf steht der Tod.« Dann erledigte er auch den letzten Freier. Das war die Szene, in der mir Odysseus am besten gefiel. Er war zum ersten Mal richtig bei der Sache. Besonders als er die Bildschirme zerstörte und mit der Axt herumwirbelte. Und das wäre ein perfektes Ende gewesen, wenn er sich den letzten Monolog verkniffen hätte. Aber er musste noch die Emigrantenkarte ausspielen:

»Ich mag lange ein Fremder gewesen sein, aber meine Heimat war immer da. Ich musste sie mir nur erkämpfen. So findet jeder sein Zuhause«, verkündete er und verneigte sich. Er blieb so lange in dieser Verneigung, bis der Applaus ihn ereilte. Das Publikum klatschte wirklich mit Begeisterung. Der Beifall dauerte geschlagene fünf Minuten. Unsere Ausländerreihe klatschte auch wie verrückt. Besonders das türkische Ehepaar hatte einen Narren an dem Stück gefressen. Nach der Vorstellung wurden im Foyer noch Prosecco und kleine Häppchen gereicht, und es hieß, das Ensemble werde sich später auch dazugesellen.

Ich spielte kurz mit dem Gedanken zu bleiben, aber dann hätte ich zusehen müssen, wie Odysseus Gratulationen entgegennahm und sich von den Intellektuellen umschmeicheln ließ. Außerdem musste ich sowieso längst an die frische Luft. Es war ziemlich stickig geworden, besonders zum Schluss hatte ich richtige Beklemmungen gehabt.

Als ich hinausging, bemerkte ich die beiden Intellektuellen, wie sie sich neben einer Marmorsäule Luft zufächelten und mit hochroten Köpfen miteinander diskutierten. Dann war ich schon draußen. Ich ging einfach so vor mich hin und beschloss, die U-Bahn am Karlsplatz zu nehmen. Aber bis dahin war es noch ein Stück, und ich musste an das leidige Emigrationsproblem denken, das der eigentliche Grund für die Inszenierung war. Es war alles ziemlich verfahren, wenn man es genau betrachtete. Die Behörden in ganz Westeuropa bemühten sich recht ordentlich, die Fremden zu integrieren. Was eine honorige Sache war und überhaupt in bester humanistischer Manier. Aber alle wunderten sie sich, dass das gar nicht so klappte, wie es sollte. Der Westen hatte gute Absichten, er übersah nur einen Punkt. Dass es keinen Emigranten auf der Welt gibt, der sich selbst als Emigranten sieht. Jedenfalls hatte ich noch keinen getroffen, der beim Friseur sagte, schneiden Sie mir meine Emigrantenhaare, oder der den Zahnarzt anflehte, ihm die Emigrantenzähne schmerzfrei zu verplomben. Haare sind Haare, und Zähne Zähne. Das große Geheimnis dahinter war: Kein Emigrant will verstehen, dass seine Heimat ein für alle Mal verloren ist. Selbst wenn man ihn grillte, wäre er überzeugt davon, irgendwann einmal dorthin zurückzukehren. Emigranten fühlen sich nie wohl in der Gegenwart, sie halten Ausschau nach der glücklichen Rückkehr, die irgendwann in der Zukunft stattfinden wird. So gesehen, war Odysseus clever, sich auf die Prüfungen der Götter zu konzentrieren. Er hätte sonst nie zurückgefunden, hätte er die ganze Zeit Ithaka nachgeweint. Von Hindernis zu Hindernis zu denken war der einzig richtige Weg. Und dass er am Ende diesen Media Markt kurz und klein geschlagen hat, war klüger, als es aussah. Denn wenn das so weiterginge, würden auch die normalen Leute in ihren eigenen vier Wänden zu Emigranten werden, weil sich bald alles wie in Odysseus' Palast in einen Media Markt verwandeln würde.

Kurz vor dem Karlsplatz tat ich plötzlich etwas Ausgefallenes. Ich ging von einer Bank zur anderen und stellte mir vor, es wäre eine Station der Prüfungen, die die Götter mir auferlegt hatten. Die erste Bank war die Entführung nach Wien, die zweite die schreckliche HAK, die mich fast in den Wahnsinn getrieben hätte. Und so ging es weiter und weiter. Ich berührte jede Bank, wie im »Ich hab dich«-Spiel, bis ich alle Bänke durch hatte. Dann drehte ich mich um und betrachtete die lange Reihe von Holzbänken, die die Stadtverwaltung für erschöpfte Touristen aufgestellt hatte, und kam mir vor, als hätte ich über das Schicksal gesiegt. Denn genau das war das Problem: Niemand maß heute den Hindernissen dieselbe Bedeutung zu, wie Odysseus es noch getan hatte. Für uns waren es nur alltägliche Probleme, die gelöst werden mussten. So bekam am Ende niemand seinen Lohn von den Göttern, sondern nur eine Gehaltserhöhung.

Vielleicht war es das. Vielleicht lag das Problem aber auch darin, dass es keine Götter mehr gab, die uns das Leben schwer machten. Das erledigten wir alles selber. Kein Wunder, dass alle so mürbe waren. Wenn man alles selber macht, dreht man früher oder später durch.

6

Die nächsten Wochen verliefen, wie ich es mir nicht besser hätte vorstellen können. Ich ging in die Arbeit und fuhr wieder mit dem Rad nach Hause. Abends sah ich fern oder ging spazieren. Manchmal, wenn mir langweilig war, stieg ich noch einmal aufs Fahrrad und drehte eine Runde durch die Stadt. Dabei kehrte ich gelegentlich auf ein Bier in eine Kneipe ein und trank es, während ich die Straße im Auge behielt. Manchmal aber fuhr ich einfach nur im Schritttempo herum, bis es ganz dunkel wurde, um den Duft der Linden, der in der Luft lag, auszukosten. Wenn ich wieder zu Hause war, las ich noch ein wenig oder sah mir einen Schwarz-Weiß-Film an. Dann legte ich mich schlafen und wurde um sieben vom Wecker geweckt. Das alles klang nicht nach einem Feuerwerk von Ereignissen, aber von mir aus hätte das noch lange so weitergehen können. Ich brauchte weder Abenteuer noch Feuerwerke. Ich wollte auch nirgendwohin reisen, denn jetzt, wo ich einen österreichischen Pass besaß, mit dem ich überall hinfahren durfte, konnte ich ruhig zu Hause bleiben. Es tat mir gut zu spüren, wie sich nach Jahren im Galopp endlich alles verlangsamte.

An einem dieser ruhigen Tage kam ich später von der Arbeit heim als sonst. Ich hatte eine Extraschicht eingelegt, weil einer der Ableser ausgefallen war. Ich war so müde, dass ich kaum noch die Stiegen zu meiner Wohnung hinaufkam. Nachdem ich etwas verschnauft hatte, machte ich mir das unvermeidliche Junggesellengericht, Eierspeise mit Rosmarin. Ich nahm es mit einem Bier zu mir und überflog die Sportseite der Zeitung, aus der hervorging, dass Polen sich wahrscheinlich wieder mal nicht für die Fußball-Europameisterschaft qualifizieren würde. Ich mochte nun österreichischer Staatsbürger sein, aber mein Herz blutete für die polnische Mannschaft, die übrigens wie die österreichische immer in der letzten Minute das entscheidende Tor kassierte.

Erst als ich schon meinen Pyjama anhatte, schaute ich die Post durch und stieß auf einen Brief, der den wohlbekannten österreichischen Adler trug. Ich dachte, es sei nur eine weitere Rechte-und-Pflichten-Broschüre, die seit der Verleihung regelmäßig hereinschneiten, aber als ich die erste Zeile las, begriff ich gleich, was die Leute meinten, wenn sie von unerwarteten Hitzewallungen psychosomatischen Ursprungs redeten.

In dem Brief stand Folgendes:

»Hiermit werden Sie ersucht, sich bei der Stellungskommission zwecks Ihrer Tauglichkeitsüberprüfung für den Militärdienst einzufinden. Der Termin wird für den 1. Montag des kommenden Monats anberaumt. Mit hochachtungsvollem Gruß. Die Stellungskommission Wien.«

Das Ganze war mit dem Stempel versehen, auf dem wieder der österreichische Bundesadler abgebildet war, der schon im Rathaus bedenklich über meinem Kopf geschwebt hatte. Jetzt war es endlich klar, warum man mir die österreichische Staatsbürgerschaft so plötzlich verliehen hatte. Die Mühlen der Bürokratie waren nicht langsam, wie mir der Beamte versichert hatte. Im Gegenteil, sie waren wachsam wie eine Eule in der Nacht. Im Kleingedruckten las ich die Erklärung: Man konnte einen Staatsbürger nur bis zu seinem fünfunddreißigsten Lebensjahr einberufen. Und dazu fehlten mir gerade mal ein paar Monate. Der Staat hatte mich also im letzten Moment abgefangen. Und nicht unbedingt auf die feine englische Art. Man bekam im Rathaus ein paar Komplimente, wie gut man Deutsch sprach, und eine Einladung zu einem Theaterstück, und im Gegenzug dafür musste man ein Jahr seines Lebens opfern. Noch dazu dem Militär. Wenn es etwas gab, das ich nicht ausstehen konnte, dann das Militär. Schon in der Jugend hatte ich mich nicht dafür erwärmen können, zusammen mit pubertierenden Jünglingen in einer Kaserne zu landen, die tagsüber in einem Panzer durch die Auen Kärntens donnerten und nachts unter der Bettdecke onanierten. Außerdem plagte mich eine regelrechte Allergie gegen Waffen, die bestimmt freudianische Ursachen hatte. Denn kurz nachdem ich nach Wien gekommen war, hatte mich meine Mutter zu einem Bekannten mitgenommen, der als nächster potenzieller Ersatzvater infrage kam. Überall in der Wohnung dieses Burschen lagen irgendwelche militärischen Utensilien, von Militärhosen bis zu Zeitschriften, in denen Waffen die Hauptrolle spielten. Er gab mir allen Ernstes eine echte Pistole zum Spielen, während er sich mit meiner Mutter nach nebenan verzog. Sie war natürlich nicht geladen und so, aber ich hasste dieses Ding sofort aus tiefster Seele. Ich hätte die Pistole am liebsten aus dem Fenster geworfen, aber stattdessen saß ich eine Stunde lang wie das Kaninchen vor der Schlange, ohne sie auch nur einmal zu berühren.

Als der Ersatzvater wieder erschien, merkte er gleich, dass ich die Pistole nicht angefasst hatte, und sagte: »Willst du vielleicht lieber eine Puppe zum Spielen?«

Meine Mutter war auf der Suche nach einem Ersatzvater gewesen, aber sie war nicht blind. Sie erfand eine Ausrede, und wir verschwanden auf der Stelle.

Ich ging eine Weile im Zimmer umher, um den Schock zu verdauen, den die Vorladung in mir ausgelöst hatte. Aber ich merkte, dass ich bis Peking hätte tigern können, ohne dass es mir weitergeholfen hätte. Ich beschloss, meine Mutter anzurufen. Ich hatte auf einmal große Lust, sie davon in Kenntnis zu setzen, dass sich ihre neueste gute Tat in eine weitere Katastrophe verwandelt hatte. Ich wollte hören, was sie dazu sagen würde.

Es war schon zehn Uhr am Abend, und sie würde wahrscheinlich nicht mehr abheben. Um diese Zeit schaute sie Tierfilme und wollte nicht gestört werden. Aber bis zum nächsten Tag würde ich es nicht aushalten und tippte ihre Nummer. Sie hob gleich ab.

»Hast du diese intelligente Antilope gesehen, Kristina?«, sprudelte sie in den Hörer. »Da fragt man sich, warum sind Menschen nicht so intelligent.«

Kristina war ihre beste Freundin, die ebenfalls eine Schwäche für Tierfilme hatte. Offenbar schauten sie gerade gleichzeitig einen Tierfilm und hatten so etwas wie eine Konferenzschaltung.

»Nein, habe ich nicht gesehen«, unterbrach ich sie. »Dein Sohn Ludwik schaut um diese Zeit keine Tierfilme.« Ich stellte mich normalerweise nicht als Ludwik vor, aber ich wusste nicht, wie ich meinen Frust eleganter andeuten sollte.

»Ach so, du bist es. Ist etwas passiert?« Sie horchte auf. »Warum rufst du um diese Zeit an?« Sie konnte meine Stimmungsschwankungen erkennen wie ein Seismograf.

»Nicht jetzt, aber in Kürze wird was passieren«, kam ich zur Sache, »so wie es aussieht, werde ich demnächst Soldat. Und zwar ein österreichischer.«

»Was? Wovon redest du?«, sagte sie und stellte den Fernseher leise.

»Ich habe einen Brief bekommen«, fuhr ich fort. »Ich würde ihn Mama gerne vorlesen.«

Ich faltete den Brief auseinander und las ihn ihr vor. Aus dem Hörer kam Totenstille. Schließlich sagte sie:

»Ich weiß nicht, was ich sagen soll, Ludwik. Ehrlich, ich bin sprachlos.«

»Genau wie ich. Ich schwanke im Moment zwischen zwei Möglichkeiten: nach Polen auszureisen, weil ich dort ein Ausländer bin und nicht zum Militär muss, oder aus dem Fenster zu springen. Wenn ich richtig Anlauf nehme, lande ich vielleicht auf dem Marienkäfer, von dem die Kinder rutschen, und breche mir ein Bein. Das könnte mir eine Galgenfrist beim Heer verschaffen.«

Ich schnaufte durch. Dann setzte ich noch mal an: »Schon gut. Ich höre jetzt auf damit. Ich will Mama keine Vorwürfe machen, obwohl sie wirklich angebracht wären. Aber die Lage ist ernst. So wie es aussieht, wird man mich demnächst irgendwo nach Kärnten schicken oder ins Kleinwalsertal. Das ist so etwas wie das österreichische Sibirien. Zumindest im Winter.«

Alle polnischen Mütter hegen eine latente Angst vor Sibirien. Diese Angst wird von Generation zu Generation weitergegeben.

»Mein Gott«, sagte sie. »Ich wusste nicht, dass es so schlimm ist.«

Sie schwieg und malte sich offenbar aus, wie man mich bei Eiseskälte in einer Kaserne drillen würde. Ich ließ ihr Zeit.

»Hör zu. Das können wir nicht zulassen!«, sagte sie plötzlich mit einer gefestigten Stimme. »Ich werde gleich morgen früh im Rathaus anrufen und die Sache klären. Ich lasse mich mit diesem netten Beamten verbinden und werde mich mit ihm unterhalten. Er war kompetent und entgegenkommend. Er hat sogar deinen Namen richtig ausgesprochen. Ich würde ihm das Problem schildern und mit ihm darüber diskutieren. Was hältst du davon?«

»Sehr viel sogar. Aber ich fürchte, er wird wenig davon halten. Eine Staatsbürgerschaft ist kein Abo, das man nach vier Wochen kündigen kann. Jedenfalls wird Mama das zu hören bekommen.«

»Aber irgendetwas muss man tun. Ich weiß doch am besten, wie sehr du dieses ganze Militärzeug hasst. Ich kann mir überhaupt nicht vorstellen, dass du dorthin musst. Das ist wirklich nichts für jemanden wie dich.«

Auf einmal wurde mir klar, dass dieser Anruf ein Fehler war. Was hatte ich mir dabei gedacht? Dass meine Mutter es regeln würde? Das wäre das erste Mal. Stattdessen würde das Gegenteil passieren. Sie würde die Nerven verlieren, und am Ende würde ich sie trösten müssen. Ihre Stimme ging schon jetzt in die Höhe, was bedeutete, dass sie bereits mit den Tränen kämpfte.

»Schon gut«, sagte ich. »Es ist noch nicht alles verloren. Vielleicht gibt es noch eine Möglichkeit, heil aus dem Ganzen herauszukommen.«

»Was meinst du?«, fragte sie.

Ich wusste selber nicht, was ich meinte.

»Darüber reden wir morgen. Es ist noch nichts Konkretes. Ist das in Ordnung, wenn ich jetzt auflege? Ich muss nachdenken.«

»Sicher. Aber ruf mich sofort an, wenn du etwas weißt. Machst du das bitte?«

»Ja, das mache ich. Gute Nacht.«

»Als ob ich jetzt schlafen könnte. Gute Nacht, Ludwik. Hoffentlich kannst wenigstens du schlafen.«

»Gute Nacht, Mama.«

Ich legte auf und schnaufte durch. Es war immer dasselbe. Bei einem Streit mit der Mutter zog man immer den Kürzeren. Selbst wenn man unschuldig wie ein Engel wäre, würde man Gewissensbisse bekommen. Wenigstens hatte mein Schock ein wenig nachgelassen.

Ich ging zum Kühlschrank und nahm mir ein Bier. Dann fing ich an, mir Gedanken darüber zu machen, ob ich dem Ganzen tatsächlich irgendwie entgehen konnte. Schließlich gab es aus allem einen Ausweg. Ich ging die Möglichkeiten durch, die mich vor der Armee bewahren könnten. Ich könnte meinen frisch gedruckten Pass schnappen und nach Australien flüchten, bis die Altersfrist abgelaufen war. In der Zwischenzeit könnte ich zum Beispiel in einem australischen Zoo arbeiten und Koalabären mit Eukalyptus füttern. Oder ich würde gleich hierbleiben, um bei den Sandlern am Karlsplatz unterzutauchen.

Schließlich kam ich auf eine brauchbare Spur. Ich hatte mal etwas über einen Dienstverweigerer aus China gelesen, der sich den Arm abgehackt hat, um dem Militär zu entgehen. Auch wenn ich keineswegs vorhatte, mich meiner Extremitäten zu entledigen, brachte mich das auf einem verschlungenen und schwer nachvollziehbaren Pfad direkt zu Onkel Feliks, dem Bruder meiner Mutter.

Onkel Feliks weilte aufgrund starken Wodkakonsums nicht mehr unter den Lebenden, aber seinerzeit hatte er viele außergewöhnliche Gaben besessen. Er war ein exzellenter Taxifahrer gewesen und hatte trotz der Wodkaflasche im Handschuhfach, aus der er sich bei jeder roten Ampel bediente, nie einen Unfall verursacht. Aber das Wichtigste war: Er schaffte es, vom polnischen Heer als untauglich eingestuft zu werden. Was eine bemerkenswerte Leistung darstellte, denn damals zog man in Polen zum Militär sogar Blinde und Leute mit Holzbein ein. Onkel Feliks hätte wohl seine Leberwerte in die Schlacht ziehen lassen können, die allein genügt hätten, um zehn Kandidaten für untauglich zu erklären, aber sein Sportsgeist verbot ihm das. Er täuschte der Kommission ein Delirium vor, indem er den anwesenden Militärs versprach, gleich an seinem ersten Tag als Soldat die ganze Kompanie mit einer Kalaschnikow auszulöschen. Das Kunststück bestand darin, dass er seinen delikaten Balanceakt zwischen Delirium und Mordlust so gut hinbekam, dass er nicht umgehend in eine Zwangsjacke gesteckt wurde. Ich konnte mich natürlich nicht mit ihm messen, zudem nie nachgewiesen werden konnte, ob er sein Delirium simulierte oder ob es vielleicht doch echt war.

Trotzdem sprach nichts dagegen, sich als geistig labil auszugeben. Schließlich lebte ich in Zeiten, in denen psychische Episoden, wie man seelische Krankheiten jetzt nannte, groß im Kommen waren. Ganze Großraumbüros wurden von Burnouts ausradiert, und ich selber traf in der Arbeit immer wieder auf Leute, die sich für einen Hobbit hielten oder die Badewanne nicht mehr verließen, weil sie glaubten, eine Meerjungfrau zu sein. Ich durfte nur nicht übertreiben, sonst würde ich enden wie Jack Nicholson in »Einer flog über das Kuckucksnest«. Es musste seriöser Wahnsinn sein.

Ich brauchte eine glaubhafte Geschichte, die, wie man so sagt, dem Geist der Zeit entsprang. Danach musste ich nicht lange suchen. Die Bestandteile lagen vor mir aufgereiht wie Perlen und warteten nur darauf, in der richtigen Reihenfolge aufgefädelt zu werden: Entführung durch die eigene Mutter und die heimtückische Staatsbürgerschaftsverleihung nebst slawischer Abstammung waren Dinge, die einen geistig destabilisieren konnten.

Um die Eckpunkte meiner Labilität auszutüfteln,

stieg ich unter die Dusche. Nirgendwo kann ich mich so gut konzentrieren wie unter der Dusche. Das hängt vermutlich mit dem Geräusch des laufenden Wassers zusammen. Der menschliche Körper blüht sozusagen in seinem Element auf.

Nachdem ich die Wassermenge einer Woche verbraucht hatte, hatte ich so etwas wie einen Plan, der psychologisch stimmig war. Meine Chancen, damit durchzukommen, waren nicht groß, eigentlich verschwindend gering, aber ich hatte zwölf Monate meines Lebens zu verlieren. Und für die war ich bereit, mich zum Idioten zu machen.

7

Wenn man in Wien lebt, lernt man zwei Dinge sehr gut. Erstens, dass es eine Menge Situationen gibt, in denen man lieber durch die Nase atmen sollte, und zweitens, dass die Ämter ihre Bürger am liebsten um sieben Uhr in der Früh zu sich bestellen. Es geht darum, den Bittsteller in seinem schwächsten Moment zu erwischen. Er soll am besten auf nüchternen Magen vor einen ausgeruhten, wachsamen Jäger treten, der sich schon um diese Tageszeit wie ein Fisch im Wasser fühlt und mit seiner Beute alles tun kann. Die Tauglichkeitskommission hätte ihre Rekruten bestimmt gern um zwei Uhr in der Früh aus dem Bett gerissen, hätte das nicht jemand verboten.

Der Beamte, der mich an einer Art Rezeption der Stellungskommission empfing, machte den Eindruck, als wäre er schon seit Stunden wach. Er steckte in einer Uniform, die wie die Kreuzung aus einem Militärjackett und einem Krankenpflegerkittel aussah. Nachdem ich meinen noch nach Druckerfrische duftenden österreichischen Pass vorgezeigt hatte, bekam ich den ersten Vorgeschmack auf meine bevorstehenden zwölf Militärmonate. Der Beamte händigte mir eine Marke aus, auf der die Ziffer »187« stand, und sagte in scharfem Befehlston: »Spätestens, nachdem du dich umgezogen hast, ist die Kette an deinem Hals! Sonst können wir dich nicht identifizieren, und dann fangen deine Probleme erst richtig an.« Ohne mir zu erklären, welche Art von Problemen es sein würden, zeigte er auf eine Tür: »Dort ist die Garderobe zum Umziehen. Die anderen warten schon. Du bist der Letzte.«

Ich war nicht unter Aristokraten aufgewachsen, und ich fiel auch nicht tot um, wenn jemand, den ich nicht kannte, mich sofort duzte, aber dieses frühe »du« hob nicht unbedingt meine Laune. Es roch förmlich nach Robben im Schlamm und nächtlichen Leibesvisitationen.

Ich legte mir die Kette um den Hals, um nicht gleich aus der Reihe zu tanzen, und marschierte in die Garderobe, die er mir angewiesen hatte. Ich betrat einen Raum, der so schmal wie eine Straßenbahn war und Hunderte Umkleidekästen enthielt. Links und rechts an den Wänden saßen bereits die anderen Rekruten. Als ich eintrat, richteten alle die Augen auf mich, und ich nickte zu beiden Seiten, wie man eben nickt, wenn man einen Raum mit fremden Leuten betritt. So gut wie niemand nickte zurück.

Ich trat an einen Umkleidekasten, um mich umzuziehen. Dabei stellte ich fest, dass das Umziehen in Wirklichkeit nur ein Ausziehen war. Und zwar bis auf die Unterhosen. Das war noch so etwas, wofür das Militär berühmt war: Sobald man eine militärische Einrichtung betrat, wurde mit der Wahrheit ziemlich locker umgegangen. Selbst wenn es um solche Kleinigkeiten ging. Wem würde es schaden, zu sagen, dass wir uns einfach bis auf die Unterwäsche ausziehen sollten? Da wäre niemandem vom Generalstab ein Zacken aus der Krone gebrochen.

Nachdem ich mich also ausgezogen hatte, nahm ich auf einem freien Sitz Platz und ließ meinen Blick diskret durch den Raum schweifen. Es passiert mir nicht oft, dass ich der Älteste im Raum bin, hier war ich es. Genau genommen, war ich doppelt so alt wie alle anderen. Irgendwo habe ich gehört, dass ältere Menschen sich jüngeren überlegen fühlen sollen. Das ist ausgemachter Unsinn. Man fühlt sich nur dann überlegen, wenn man in einem Raum zu der Mehrzahl gehört. Kommt jemand zum Beispiel violett auf unsere Welt, so ist es eine Katastrophe. Betritt man einen Raum, in dem alle violett sind, ist es die gewöhnlichste Sache der Welt.

Die Rekruten um mich herum erzählten sich gegenseitig schmutzige Witze und redeten einander zum Spaß mit den Nummern an, die auf ihren Halsketten standen. Sie taten so abgebrüht wie die Soldaten in diesen Army-Filmen, die Hollywood dauernd auf den Markt warf. Es fehlte noch, dass sie solche Sachen sagten wie: »Wenn das hier alles vorbei ist, heirate ich Susan und mache mit ihr in Wyoming einen Trödelladen auf.«

Zum Glück ging bald die Tür auf, und ein uniformierter Mann trat ein. Er war ungefähr so alt wie ich, nur dreimal so breit und schwer. Er stellte sich breitbeinig vor uns auf, als wären wir auf einem schwankenden Schiff, mitten in einem Sturm, den nur er bändigen konnte, und sagte mit erhobener Stimme: »Ich bin Vizeleutnant Richling. In den nächsten fünf Stunden bin ich euer Vater und ihr mein Eigentum. Gibt es einen, den das stört?«

Wenn dieser dümmliche Satz und das noch dümmlichere Auftreten jemanden störte, dann wagte es jedenfalls niemand zu sagen. Im Gegenteil. Ein anerkennendes Nicken kam von den Bänken. Manchmal war es wirklich erstaunlich, wie leicht sich Männer anderen Männern unterwerfen, nur weil diese die Stimme erheben und eine Uniform anhaben.

»Und jetzt werden wir ein paar Tests machen!«, rief Vize Richling. »Zuerst durchleuchten wir die hochgeschätzten Gehirne und dann die Muskeln. Los, los, los! In den Intelligenzraum!«

Er trieb uns durch den Gang, als wäre der »Intelligenzraum« am anderen Ende der Stadt. Dabei war er gleich nebenan. Er wartete ab, bis jeder wieder Platz genommen hatte, und schloss dann die Tür hinter uns ab, als befänden wir uns in einem Tresor. Er begann, von einem Tisch zum anderen zu gehen, und teilte die Testbögen aus.

»Ihr habt dreißig Minuten Zeit, um alles auszufüllen«, sagte er. »Ich stoppe die Zeit hier.« Er tippte sich gegen die Schläfe, um zu zeigen, wo sich die Stoppuhr befand. Dann stellte er sich vor uns hin und warf uns grimmige, geradezu aggressive Blicke zu, die uns zu verstehen gaben, dass wir bei diesem Test alles geben sollten, was wir draufhatten.

Der Intelligenztest war so angelegt, dass man einfach nicht durchfallen konnte. In Geografie wollte man allen Ernstes wissen, ob »Paris, Berlin oder Stockholm die Hauptstadt von Deutschland« war. Die schwierigste aller Fragen kam aus der Mathematik und lautete: »Eine Katze fängt täglich zwei Mäuse. Wie viele hat sie am Ende der Woche einschließlich Sonntag gefangen?« Ich schrieb: »187«. Im Geschichtsteil kreuzte ich von den drei Möglichkeiten, ob Josef Stalin ein Basketballer, russischer Schachspieler oder ein Diktator war, alle drei an. Das Ganze brachte mich der Untauglichkeit kaum näher, es zeigte nur, dass die Armee genauso an Kanonenfutter interessiert war wie schon vor dreihundert Jahren. In dem Theaterstück hatte Odysseus vor der großen Schlacht zu Achilles gesagt: »Krieg bedeutet, dass alte Männer reden und junge Männer sterben.« Das hätte man unter den Intelligenztest schreiben sollen.

Zum Schluss aber kam eine Frage, die mein Herz schneller schlagen ließ. Sie lautete: »Wünschen Sie ein Gespräch mit dem Militärpsychologen?«

Ich kreuzte mit Ja an und händigte den Test Vizekommandant Richling aus. Er steckte sie in eine grüne militärische Tasche und ließ uns auf seine originelle Art wissen, was uns als Nächstes erwartete: »Jetzt werden wir mal eure abgemagerten Knochen unter die Lupe nehmen! In den Fitnessraum mit euch, los, los!«, brüllte er, obwohl wir vor seiner Nase standen.

Wir verließen den Intelligenzraum und marschierten quer über den Gang in eine Art Turnsaal. Dort gab es mehrere Teststationen, an denen Sanitäter in weißen Kitteln saßen und das entsprechende Gerät bedienten.

Drei Stunden später wurden wir zurück in die Garderobe geschickt, wo wir wieder in unsere Zivilkleidung schlüpfen konnten, wie man unsere Jeans und Hemden bezeichnete. Kurz darauf ging die Tür auf, und Vizekommandant Richling trat ein.

»Gute Nachrichten«, rief er von der Schwelle. »Alle Stellungspflichtigen sind für tauglich erklärt worden und dürfen nach Hause gehen. Los, los, ich will hier in fünf Sekunden eine leere Garderobe sehen.«

Als alle im Eiltempo die Garderobe zu räumen begannen, wandte er sich zu mir: »Nicht du, 187. Du musst noch einen Test machen. Zweiter Stock, Zimmer 11.«

Ich ließ mir die Erleichterung nicht ansehen, aber mir fiel ein Stein vom Herzen. Man hatte sich den Psychologen offenbar für den Schluss aufgehoben, vermutlich, weil es mir peinlich sein würde und die anderen das nicht mitbekommen sollten. Eine feinfühlige Geste des Bundesheers. Schließlich hätte ich wirklich geisteskrank sein können.

Als ich mich auf den Weg machte, hielt mich Vizekommandant Richling am Ärmel fest, beugte sich zu mir herunter und sagte leise: »Beantworte am besten die Fragen nur mit Ja und Nein. Das hat bis jetzt jeden herausgerissen.«

Vor dem Zimmer des Psychologen warteten bereits zwei andere Kandidaten. Einer sah aus wie eine junge Version von Albert Einstein, was doch für einen Simulanten ein ziemlicher Glücksfall war. Der andere Kandidat wirkte zwar um einiges intelligenter, aber er hatte sich, was Piercings und Tattoos anging, richtig gehen lassen. Es gab keine Stelle an seinem Kopf, von der nicht etwas Metallisches herabhing. Interessanterweise wurde ich vor den beiden anderen Kandidaten aufgerufen, was nur bedeuten konnte, dass ich entweder als besonders harmlos oder als besonders gefährlich eingestuft wurde.

Als ich das Büro des Psychiaters betrat, war ich angenehm überrascht. Hinter einem Schreibtisch aus Metall erwartete mich ein kleiner, zierlicher Mann um die vierzig. Sein Gesicht war fein geschnitten, als hätte man es aus altem Porzellan gemacht, und um seine Mundwinkel tanzte ein freundliches Lächeln, das mich bis zu seinem Schreibtisch begleitete. Darauf stand ein großes Schild mit seinem Namen: »Dr. Javier Fuchs«. Er zeigte mit einer knappen, aber freundlichen Geste auf den leeren Stuhl und begrüßte mich.

»Nehmen Sie doch bitte Platz, Herr Wiewurka. Wir wollen die Sache doch nicht im Stehen abwickeln, oder?«

»Vielen Dank«, sagte ich und nahm Platz. Dann fügte ich hinzu: »Ich bin froh, dass Sie Zeit für mich gefunden haben und mich empfangen.«

Es war gefährlich, von Anfang an so hochgestochen zu reden, aber nach diesem Gebrülle und Militärgehabe von vorhin fühlte ich mich für einen Moment so, als hätte ich das rettende Ufer des menschlichen Mitgefühls erreicht.

»Das ist doch das Mindeste, was wir für unsere künftigen Wehrdiener tun können«, lächelte Dr. Fuchs. »So, und jetzt lassen Sie mich einen Blick auf Ihre Ergebnisse werfen.«

Er öffnete eine Akte und blätterte darin. Es war dieselbe Akte, die ich bei der Staatsbürgerschaftsverleihung gesehen hatte. Sie war nur seitdem um einiges dicker geworden. Dr. Fuchs zog meinen Intelligenztest heraus, und ohne dabei aufzusehen, zählte er auf: »Mathematischer Teil gut, geografischer Teil sogar ausgezeichnet ... das auch gut ... und das auch. In Ihrem Kopf scheint es also recht geordnet zuzugehen.« Er schaute zu mir hinüber und lächelte wieder. »Wie kann ich also einem so vor Gesundheit strotzenden Wehrdiener helfen?«

»Ich bin hier, um eine Kleinigkeit abzuklären. Es dauert höchstens fünf Minuten.«

»Ich bin ganz Ohr. Um welche Kleinigkeit handelt es sich?«

»Ich möchte den Wehrdienst nicht nur möglichst gewissenhaft absolvieren. Ich würde den Dienst sehr gerne über die vorgeschriebene Zeitspanne hinaus ausdehnen. Als Berufssoldat. Und dazu hätte ich ein paar Fragen.«

Ich hatte diese Einleitung fünf Minuten lang unter der Dusche geübt.

Im Gesicht von Dr. Fuchs blitzte Neugier auf. So etwas hatte er zur Einleitung unseres Gesprächs sicher nicht vermutet.

»Verstehe ich Sie richtig? Sie wollen nicht nur für den Grundwehrdienst einrücken, sondern für länger?«

»Korrekt. Ich würde gerne nach meinem Grundwehrdienst einen Kurs zum Berufssoldat machen. Ich denke da sogar an die Offiziersschule.«

Er faltete seine Hände und stützte sein Kinn darauf. Ziemlich viele Leute machten das in der letzten Zeit, wenn sie verblüfft sind. Er studierte mich, als wäre ich eine Aufschrift auf einer ägyptischen Pyramide.

»Also eins vorweg«, sagte er schließlich. »Es gibt keinen Kurs zum Berufssoldaten, wie Sie das nennen. Und Offizier zu werden ist keineswegs so einfach, wie

Sie vielleicht denken. Aber grundsätzlich steht Ihnen natürlich der Militärdienst offen. Darf ich Sie fragen, warum Sie eine Laufbahn beim Bundesheer einschlagen wollen? Sie müssen wissen, dass wir das hier nicht so oft haben.«

»Dafür gibt es zwei Gründe: einen patriotischen und einen psychologischen, wenn man so will.«

»Wären Sie bereit, Sie mir zu nennen? Einfach der Form halber.« Er lächelte.

»Wie Sie meiner Akte sicher entnommen haben, bin ich kein gebürtiger Österreicher«, holte ich aus. »Meine Mutter hat mich mit zwölf von Polen nach Wien entführt. Es war natürlich keine richtige Entführung, aber ich empfand es so. Ich war plötzlich in einem fremden Land, unter fremden Leuten und musste innerhalb kürzester Zeit die Sprache des Feindes lernen.«

»Augenblick!«, unterbrach mich Dr. Fuchs. »Wieso die Sprache des Feindes?«

»Das Deutsche bezeichnete man in Polen als die Sprache des Feindes. Wegen dem zweiten Krieg und so.«

»Ja, natürlich. Bitte fahren Sie fort.«

»Na, jedenfalls hat mich das durcheinandergebracht. Im Laufe der Zeit wurde mir schmerzlich klar, dass dieses Chaos nicht verschwinden wollte, sondern immer nur größer wurde. Inzwischen bin ich mir sicher, dass man es nur noch durch eine stabile soziale Struktur in den Griff bekommen kann. Und die einzigen stabilen Strukturen heutzutage sind das Heer und die katholische Kirche. Ich hoffe, es klingt nicht zu wirr, was ich da sage?«

»Nein, nein, keineswegs. Fahren Sie bitte fort.«

»Tut mir leid. Ich habe immer wieder diese Neigung abzuschweifen. Kurz gesagt, obwohl ich aus einem katholischen Land komme, kann ich mich irgendwie nicht für die Kutte begeistern, wenn Sie so wollen. Das Heer hingegen hat schon von Kind auf eine starke Anziehungskraft auf mich ausgeübt. Da kommt nun der patriotische Grund zum Tragen. Wollen Sie ihn hören?«

»Das wäre meine nächste Frage gewesen.«

»Meine polnische Familie, aus der meine Mutter mich entführt hat, besitzt eine starke militärische Tradition. Mein Großvater war ein polnischer Ulan, der im Zweiten Weltkrieg gegen die deutschen Panzer kämpfte. Sein Sohn, Onkel Feliks, hat es später unter den Kommunisten sogar bis zum Offizier gebracht. Das hat einen großen Einfluss auf mich ausgeübt.«

»Inwiefern?«

»Mein Großvater brachte es auf den Punkt, indem er einmal sagte: Ein militärisches Pferd springt immer leichter über ein Hindernis als ein ziviles. Damit meinte er, dass es keine bessere Medizin für labile Menschen, die beispielsweise von Selbstzweifeln oder Panikattacken geplagt werden, gibt als das Militär.«

»Einen Augenblick«, unterbrach mich Dr. Fuchs noch einmal. »Und wenn Sie Selbstzweifel und Panikattacken erwähnen, so ist das rein hypothetisch, nicht wahr?«

»Ja und nein«, gab ich viel zu schnell zurück. »Damit wären wir nämlich bei meiner Kleinigkeit, die ich mit Ihrer Hilfe abklären möchte.«

»Ich bin ganz Ohr.« In seiner Stimme lag zum ersten Mal Ungeduld, und sein Lächeln wurde plötzlich ganz schwach wie ein Lämpchen, dem jeden Moment der Strom auszugehen drohte.

»Ich habe in der letzten Zeit tatsächlich mit gewissen Unruhezuständen und sogar Panikattacken zu kämpfen. Und wenn es nicht so beunruhigend wäre, man könnte darüber lachen. Es fällt mir schwer, darüber zu reden, wissen Sie, weil sich das Ganze wirklich idiotisch anhört.«

»Warum?«

»Weil sie so seltsam sind. Und immer durch nicht alltägliche Gegenstände ausgelöst werden.«

»Nicht alltägliche Gegenstände?« Dr. Fuchs horchte auf. »Befindet sich zum Beispiel ein solcher Gegenstand in diesem Raum? Sehen Sie sich ruhig um.«

»Einer«, antwortete ich, ohne den Blick von ihm zu nehmen. »Er hängt über der Tür.«

Dr. Fuchs' Augenbrauen gingen nach oben. »Sie fürchten sich vor unserem Staatswappen?«

»Nicht nur vor dem Wappen«, sagte ich, »ich fürchte mich vor Polizeiuniformen, der rot-weiß-roten Fahne, einfach vor allem, was an den österreichischen Staat erinnert. Ich weiß, wie das klingt. Als wäre ich ein Simulant oder gar verrückt. Ich bin keines von beidem. Ich will ganz bestimmt zum Bundesheer gehen. Auch wenn ich dafür starke Medikamente nehmen muss. Ich möchte lediglich, dass Sie das absegnen.«

»Ich werde gar nichts absegnen!« Dr. Fuchs wurde auf einmal sehr schroff. Etwas schien ihn geärgert zu haben. »Wann haben diese Angstzustände begonnen? Können Sie den Zeitraum eingrenzen?«

»Ich würde sagen, vor ungefähr zwei Monaten.«

»Vor zwei Monaten.« Dr. Fuchs blätterte in der Akte. Dann nickte er und wandte sich wieder an mich: »Gibt es noch andere Symptome? Schlafen Sie gut?«

»Also, wer schläft schon heute gut? Bei diesem Chaos, das auf der Welt herrscht? Denken Sie nur an die Nachrichten. Fünf Minuten Fernsehen garantieren fünf schlaflose Nächte.«

»Das meine ich nicht. Leiden Sie unter Albträumen?«

»Nun, die hat wohl jeder. Aber sie sind eher skurril. Einer davon wiederholt sich immer wieder.«

»Beschreiben Sie diesen Traum. Möglichst genau bitte. Und kommen Sie endlich zur Sache.«

»Natürlich. Ich träume also, ich bin in Afrika«, begann ich und verstummte, als wäre mir die Sache peinlich, »dabei war ich nie in Afrika und habe auch nicht vor, jemals dort hinzufahren. Plötzlich jedenfalls sehe ich Antilopen, die zu einer Wassertränke laufen. Sie tragen Uniformen und haben eine Tellermine unter dem Arm, was schon allein deshalb absurd ist, weil Antilopen ja keine Arme haben.«

Dr. Fuchs verzog keine Miene.

»Plötzlich habe ich meinen Granatwerfer dabei und feuere wie besessen auf diese Antilopen. Aber ich treffe keine, was ganz unheimlich ist, denn der Granatwerfer besitzt ein hoch modernes Zielfernrohr. Das macht mir Angst.«

»Besitzen die Antilopen irgendwelche besonderen Merkmale?«, fragte Dr. Fuchs.

Ich starrte an die Wand, wie jemand, dessen Erinnerung ein tiefes Bergwerk ist, in dem er unter größter Anstrengung graben muss.

»Doch, ja. Haben sie. Woher wissen Sie das?«

»Beantworten Sie bitte nur meine Frage.«

»Sie haben so kleine Mützen auf dem Kopf. Und auf der Mütze ist ein Adler.«

»Können Sie den Adler beschreiben?«

»Es ist kein österreichischer Adler«, murmelte ich langsam. »Er ist in den polnischen Nationalfarben.«

»Polnischer Adler«, murmelte Dr. Fuchs. »Und weiter? Ist der Traum hier schon zu Ende?«

»Ja, das wäre alles. Ich würde aber wirklich nicht zu viel hineininterpretieren, Herr Doktor. Meine Mutter träumt regelmäßig davon, dass sie ein Flugzeug ist und nachts über die Erde fliegt. Wir alle haben eine lebhafte Fantasie. Ich meine, wir Slawen, nicht unsere Familie.«

»Dass das Ganze etwas mit Ihrer Herkunft zu tun hat, ist mir inzwischen auch schon klar geworden«, ließ er mich wissen, »dennoch ist Ihr Fall recht selten. Nicht neu, aber wirklich selten.«

Er lehnte sich zurück und machte einen Kussmund. Er war auf einmal ganz entspannt, als hätte er alle Zeit der Welt. Sogar sein Lächeln kehrte wieder auf sein Gesicht zurück.

»Ihr Antilopentraum könnte ein Hinweis auf Ihren Konflikt sein zwischen alter und neuer Heimat«, sagte er. »Ihre Symptome begannen nur wenige Tage, nachdem Sie die österreichische Staatsbürgerschaft erhielten. Als österreichischer Soldat müssten Sie theoretisch im Ernstfall auf Ihre ehemaligen Landsleute feuern. Das bietet genügend Anlass für einen Gewissenskonflikt. So etwas haben wir hier durchaus öfter.«

»Das klingt interessant, aber ist ein Krieg zwischen Österreich und Polen nicht sehr unrealistisch?«

»Das Unterbewusstsein funktioniert nicht logisch. Und es wird von der Tatsache befeuert, dass Sie aus einem Land kommen, das sehr häufig von Kriegen heimgesucht wurde. Das kollektive Verantwortungsbewusstsein, das Sie quasi mit der Muttermilch eingesogen haben, tut ein Übriges. Denken Sie doch nur an Ihren Großvater, den Ulanen, und den Onkel, der Offizier in Danzig war.«

»Eigentlich war er nur Gefreiter in einer Funkstation.«

»Sie sollen mich bitte nicht ständig unterbrechen!« Er sammelte sich einen Moment. »Dennoch stimme ich mit Ihnen überein. Ich würde auch in eine andere Richtung gehen. Ich glaube, die wahre Ursache für Ihre latente Depression zu kennen.«

»Und die wäre?«

»Das unterliegt der ärztlichen Schweigepflicht. Aber ich darf Ihnen eines sagen: Es ist gut, dass Sie zu mir gekommen sind, denn ich glaube, dass ich Ihnen sehr rasch helfen kann. Selten lag ein Fall so klar wie der Ihre.«

Er nahm ein Blatt und notierte etwas. Dann steckte er es in einen Umschlag und klebte ihn zu. Er schob mir den Umschlag zu und sagte: »Gehen Sie damit zu

Dr. Winkelmann. Das ist der Oberarzt hier. Geben Sie ihm das Kuvert, und er wird wissen, was dann mit Ihnen zu tun ist.«

Ich nahm den Umschlag, wohl wissend, dass ich mein Schicksal in der Hand hielt. Dr. Fuchs erhob sich und drückte meine Hand. Es war ein beinah zärtlicher Händedruck.

»Und machen Sie sich keine Sorgen. Sie sind bei uns in guten Händen.«

»Ich danke Ihnen vielmals«, sagte ich. »Es hat mir gutgetan, mich hier einmal aussprechen zu dürfen. Ein Beleg mehr, wie richtig die ordnende Struktur des Militärs für mich wäre.«

»Nun, das wird sich zeigen. Geben Sie diesen Brief Dr. Winkelmann, und bitten Sie den nächsten Kandidaten herein.«

Ich nahm den Umschlag und marschierte zur Tür hinaus. Mein innerer Jubel verriet sich lediglich darin, dass ich an beiden Händen zu schwitzen begann. Draußen schauten die anderen Untauglichkeitsanwärter mit stumpfem Blick zu mir hoch.

»Der Nächste soll reinkommen«, sagte ich.

Der Jüngling mit den Piercings erhob sich unter dem melodischen Klang seiner metallischen Accessoires.

Du armer Kerl, dachte ich, während mein Blick ihm bis zur Tür folgte. Wenn du nur wüsstest, wie hoch ich dir gerade die Latte gelegt habe.

Ich war verblüfft, wie leicht es bei Dr. Fuchs gegangen war. Aber noch mehr war ich von meinen ungeahnten schauspielerischen Fähigkeiten beeindruckt.

Ich wünschte, Hollywood hätte mich gesehen. Wenn es sein muss, gibt es auch bei uns in Europa gutes Kino. Schade nur, dass nie eine Kamera zur Stelle ist.

8

Ich legte ungeduldig meinen letzten Weg durch dieses Amt zurück und fand mich vor dem Büro von Dr. Winkelmann ein. Ich klopfte an die Tür und trat ein, ohne eine Antwort abzuwarten. An einem Schreibtisch wie dem von Dr. Fuchs saß der Chefarzt der Tauglichkeitskommission. Zu meiner Überraschung war Dr. Winkelmann eine Frau. Ich hatte in diesem Gebäude die Existenz der Frauen vollkommen vergessen. Möglicherweise war ich schon zu sehr gestresst, aber ich hatte das Gefühl, dass etwas an ihr mir sagen wollte, es macht mir Spaß, junge Idioten den alten Idioten zum Fraß vorzuwerfen.

So gut ich das auch nachvollziehen konnte, so muss ich sagen, dass meine gute Laune schlagartig verschwand. Man brauchte kein Menschenkenner zu sein, um zu sehen, dass Dr. Winkelmann ein ganz anderes Kaliber war als Dr. Fuchs. Ihr konnte man kein Märchen von Antilopen auftischen, die eine Tellermine unter dem Arm trugen.

»Sie haben etwas für mich?«, fragte Dr. Winkelmann und zeigte auf den Umschlag in meiner Hand. Ihre Stimme war wie ihr Aussehen, sehr zurückgenommen und nüchtern.

»Jawohl«, sagte ich und übergab ihr den Umschlag. Ich hätte mir dieses Jawohl sparen sollen. Aber ich war noch so von meinem Auftritt bei Dr. Fuchs in Fahrt.

Sie öffnete das Kuvert und überflog das Schreiben. Dann betrachtete sie mich nachdenklich.

»Bevor ich auf dieses Gutachten eingehe, möchte ich mir Ihre Testwerte ansehen«, sagte sie und öffnete die Akte, die auf wundersame Weise hier schon auf mich wartete.

»Aus den Untersuchungen geht hervor, dass Sie vollkommen gesund sind«, sagte sie. »Das Herz, die Lunge, sieht alles gut aus. Darmtrakt auch«, sie blätterte langsam weiter. »Sie sind körperlich tauglich für den Militärdienst.«

»Ja, und ich fühle mich auch absolut bereit dazu«, bestätigte ich.

»Zu denken gibt mir allerdings der Bericht von Dr. Fuchs. Könnten Sie noch einmal kurz zusammenfassen, was Sie ihm erzählt haben?«

Ich hatte das Gefühl, dass sie das Wort »erzählt« mit ziemlicher Ironie ausgesprochen hatte, aber vielleicht bildete ich mir das auch nur ein.

»Ich habe ihm lediglich von meinen Bedenken berichtet.«

»Welcher Art sind Ihre Bedenken?«

»In Bezug auf meine Befähigung zum Militärdienst. Ich möchte unbedingt zum Bundesheer. Das habe ich ganz klargemacht. Doch mir war es wichtig, ein paar Kleinigkeiten auszuräumen. Der Doktor hat bei mir einen, wie er es nannte, Gewissenskonflikt festgestellt. Sicher erwähnt er das auch in seinem Befund.«

Dr. Winkelmann schlug die Akte zu und sah mich eine Weile an. Ich fühlte mich wie ein Fechter, dessen Klinge mit jeder Sekunde kürzer wurde.

»Das hat er getan. Aber sein Befund genügt mir nicht«, sagte sie mit einer Stimme, als würden sie Ausführungen von Dr. Fuchs so wenig interessieren wie hundertdreißig Jahre alte Wettermeldungen. »Und wissen Sie auch, warum das so ist?«

»Da müsste ich raten.«

Ich wollte wirklich nicht wissen, warum. Aber Dr. Winkelmann war ein Mensch, der gerne Fragen stellte, die er sich selbst gerne beantwortete.

»Weil ich hier als Chefärztin vieles gesehen habe, um nicht zu sagen: alles. Es gab Rekruten, die an unheilbaren Krankheiten litten, einer hat sich sogar extra die Hand für diesen Besuch gebrochen. So einfallsreich all diese Versuche, mich zu täuschen, auch waren, sie hatten alle einen unangenehmen Nebeneffekt. Sie beleidigten mein fachmännisches Auge, um nicht zu sagen meine Intelligenz. Verstehen Sie das?«

»Leider nicht.« Ich verstand sie blendend.

»Dann reden wir Klartext. Ich habe Ihr Gespräch bei Dr. Fuchs vorhin mitbekommen. Wir haben hier nämlich die Möglichkeit zu einer Art Konferenzschaltung. Sie sagen mir also entweder ganz offen, wozu Sie dieses Theater veranstaltet haben, oder ich stemple Ihre Akte ab, und Sie sind in zwei Wochen in einer Kaserne. Eigentlich hätte ich das schon längst veranlassen sollen. Aber ich gebe jedem eine letzte Chance auf eine ehrliche Aussage. Es ist nicht zu übersehen, dass Sie sich diese ganze Geschichte haben einfallen lassen, um dem Dienst zu entgehen. Ich würde gerne den Grund dafür erfahren.«

Es gibt das physische Phänomen unendlicher Müdigkeit, nachdem man eingesehen hat, dass man verloren hat. Sie bringt einen dazu, endlich mit offenen Karten zu spielen.

»Angenommen, Sie hätten recht«, sagte ich. »Angenommen, ich hätte hier ein paar Tatsachen vorgetäuscht, um dem Dienst zu entgehen. Darf ich Ihnen eine Frage stellen: Warum weiß hier offenbar niemand außer mir, worum es an diesem Tag wirklich geht?«

»Und worum geht es an diesem Tag?«

»Um zwölf Monate meines Lebens. Die sich einfach so in nichts auflösen. Und daher leiste ich Widerstand, weil ich finde, dass niemand, nicht einmal der Staat, das Recht hat, einem Bürger ein Jahr seines Lebens zu rauben.«

»Ach, das finden Sie? Sie sind der Meinung, der Staat raube Ihnen ein Jahr Ihres Lebens.« Dr. Winkelmann sah mich zum ersten Mal mit einem gewissen Interesse an. »Und was ist mit den Pflichten, die Sie gegenüber dem Staat haben?«

»Es gibt sinnvolle und weniger sinnvolle Pflichten. Der Wehrdienst ist keine Pflicht, sondern ein willkürlicher Zeitentzug. Was wäre zum Beispiel, wenn ich in zwei Jahren an Krebs sterbe? Und nur weil ich aus einem katholischen Land stamme, heißt das nicht, dass ich an die Auferstehung glaube. Ein Jahr ist ein Jahr.«

Ich hatte erwartet, dass Dr. Winkelmann als Antwort darauf zum Stempel greifen und mich in eine Kaserne schicken würde. Aber vielleicht fand sie meine Argumente auch einfach unterhaltsam, oder sie hatte einfach sonst nichts zu tun. Statt mein Todesurteil zu unterschreiben, schüttelte sie nur den Kopf und sagte: »Krebs als Erpressung. Man lernt nie aus. Und was sollen Ihre Kameraden dazu sagen? Die müssen genauso ein Jahr opfern.«

Mit meinen Kameraden meinte sie wahrscheinlich diese pubertären Hyänen da draußen, die mit ihren Nummern wie mit Perlenketten spielten und es nicht erwarten konnten, es sich in einem Panzer gemütlich zu machen.

»Ich habe den Eindruck, dass meine Kameraden dieses Jahr nicht als Verlust empfinden, sondern sich im Gegenteil sehr darauf freuen. Sonst würden sie um dieses Jahr kämpfen. So wie ich. Ich war heute weit und breit der Einzige.«

»Sie nennen also dieses Fabulieren und Lügen einen Kampf?«

»Ein Kampf mit Gewehr und Messer war es nicht. Aber es ist dennoch sehr wohl ein Kampf...« Ich verstummte und sagte dann etwas Pathetisches: »Ich befinde mich zurzeit auf einer Straße, die mich endlich dorthin bringen soll, wo ich verstehen werde, wie gewisse Dinge liegen. Und ausgerechnet jetzt zieht mir der Staat den Boden unter den Füßen weg.«

»Das klingt interessant, könnten Sie es so formulieren, dass es auch eine Militärärztin versteht?«

»Ich habe bei Dr. Fuchs nicht gelogen, als ich von einem Chaos redete. Ich befinde mich nämlich tatsächlich in einem Chaos, und zum ersten Mal sehe ich die

Möglichkeit, es zu klären. Ich sage es Ihnen ganz offen: Wenn ich jetzt in eine Kaserne gehen muss, dann werde ich das Land verlassen und woanders von vorne anfangen. Ich habe nichts zu verlieren.«

Dr. Winkelmann schien etwas Wichtiges abzuwägen. »Ich weiß Ihre Offenheit zu schätzen. Ich kann Sie trotzdem nicht einfach entlassen. Das wissen Sie. Aber vielleicht muss es nicht so weit kommen.«

Sie nahm ihr Stethoskop und trat zu mir.

»Vielleicht gibt es da eine Möglichkeit, die beide Seiten zufriedenstellt. Öffnen Sie bitte einmal Ihr Hemd«, sagte sie.

Ich führte ihren Befehl aus, und sie hörte mein Herz ab, langsam und sehr aufmerksam.

»Bitte jetzt ausatmen«, sagte sie. »Und einatmen.«

Ich hatte keine Ahnung, was sie zu finden hoffte, wo doch das EKG und all die anderen Tests nichts gefunden hatten.

»Wie ich vermutet hatte.« Sie ließ das Stethoskop sinken und ging wieder zurück hinter den Schreibtisch. »Sie haben eine fehlerhafte Herzklappe.« Sie machte einen Vermerk in meiner Akte und unterschrieb.

Dann sah sie zu mir auf.

»Sie können sich Ihr Hemd wieder zuknöpfen. Ich wandle hiermit Ihren Militärdienst in Zivildienst um. Ich weise Sie einer medizinischen Einrichtung zu.«

»Eine medizinische Einrichtung?« Das war nichts anderes als eine Kaserne in Weiß.

»Tut mir leid, das ist alles, was ich für Sie tun kann.«

»Und warum richten Sie sich nicht ganz einfach

nach dem Befund, den Ihr Kollege Dr. Fuchs gestellt hat. Er hat mich doch für untauglich erklärt«, fragte ich erschrocken.

»Hat er das? Dann werfen Sie mal einen Blick darauf.«

Sie schob mir das Schreiben von Dr. Fuchs hin. Darauf stand:

»Kandidat 187 ist definitiv ein Simulant. Ich empfehle eine Kaserne mit verschärftem Dienst. Mit kollegialem Gruß, Dr. Fuchs.«

»Stellen Sie sich gut an im Zivildienst«, sagte Dr. Winkelmann. »Und da ist noch etwas. Ich habe Ihr Argument des Zeitverlusts berücksichtigt. Sehen Sie her.«

Sie schob mir das Dokument mit meiner Einweisung zum Zivildienst hinüber. Darauf stand: »drei Monate«.

Das war sicher nicht ganz ohne Risiko für sie.

»Ich habe zwar nicht viel verstanden von dem, was Sie mir vorhin sagen wollten, aber Sie haben das Wort »Ruhe« ein paarmal fallen lassen. Daher habe ich Sie einem Altersheim zugewiesen. Da haben Sie alle Ruhe der Welt.«

Dr. Winkelmann schloss meine Akte.

»Sie dürfen gehen. Und rufen Sie bitte den nächsten Anwärter herein.«

»Danke«, stammelte ich nur.

»Danken Sie mir, in dem Sie sich dort gut anstellen. Ich werde ein Auge auf Sie haben. Auf Wiedersehen!«

Ich drehte mich um und verließ ihr Büro. Um meinen Hals baumelte immer noch die Kette mit der 187.

Sie schlug bei jedem Schritt wie ein kleiner Hammer an meine Brust.

Als ich auf dem Gang stand, wollte ich dem Nächsten Bescheid geben. Aber es war niemand da. Offenbar hatte nur ich es bis zu Dr. Winkelmann geschafft. Die anderen waren bereits bei Dr. Fuchs unter die Räder gekommen.

9

Nach diesem Sieg, denn alles andere als eine Kaserne war ein Sieg, beschloss ich zu feiern. Gleich gegenüber der Tauglichkeitskommission war eine griechische Taverne, wo man etwas Alkoholisches bekommen konnte. Aber das kam nicht infrage. Dort hätte nach Dienstschluss Vizekommandant Richling oder, schlimmer noch, Dr. Fuchs hineinschneien können, und das waren die Letzten, die ich jetzt um mich haben wollte. Außerdem war mir nach frischer Landluft, und die gab es in diesem Bezirk nicht. Im Vierzehnten aber lag ein Wirtshaus, das »Zu den drei gefallenen Eichen« hieß und für meine Zwecke wie geschaffen war, mit seiner freien Aussicht auf einen Weinberg und Preisen, die für Leute wie mich gemacht waren. Ich hatte noch reichlich Adrenalin im Blut und legte die Strecke dorthin fast doppelt so schnell zurück wie sonst.

Nur eine halbe Stunde später kettete ich mein Rad vor den »Drei gefallenen Eichen« an. Als ich mit einem Fuß über die Schwelle trat, fiel mir ein, dass ich noch meine Mutter anrufen sollte. Sie saß sicher schon auf heißen Kohlen.

Ich entfernte mich ein paar Schritte vom Eingang, um niemanden mit dem Telefonieren zu belästigen, und tippte ihre Nummer ein. Sie hob schon nach drei Signalen ab:

»Und?«, fragte sie, ohne mich zu Wort kommen zu lassen. »Lebst du noch?«

Eigentlich wollte ich ihr gleich meinen Sieg verkünden, aber als ich ihre Stimme hörte, konnte ich mir doch nicht verkneifen, sie ein wenig zu ärgern.

»Schon, aber ich fürchte, ich habe keine guten Nachrichten«, sagte ich. »Ich bin praktisch schon auf dem Weg in die Kaserne.«

»Was? Das ist nicht möglich«, rief sie. »Sekunde. Niemand steckt einen Rekruten so schnell in eine Kaserne. Du nimmst mich auf den Arm, oder?«

Ich ließ es gut sein. »Es ist ganz ordentlich gelaufen. Nicht perfekt vielleicht, aber wirklich nicht schlecht.«

Eine Pause entstand. Ich konnte ihre Erleichterung buchstäblich hören.

»Was meinst du damit: nicht perfekt gelaufen?«

»Sie haben mir die Militärzeit in Zivildienst umgewandelt. Ich muss in ein Altersheim. Für drei Monate.«

»In ein Altersheim?«

»Das war so eine Art Tauschgeschäft. Wichtig ist nur, dass ich mir die Uniform erspart habe. Erkläre ich Mama später. Jetzt muss ich Schluss machen. Ich muss noch was Dringendes erledigen.«

»Ich dachte, du kommst jetzt vorbei und erzählst mir alle Einzelheiten. Außerdem habe ich gerade frische Palatschinken gemacht.«

Das stimmte natürlich nicht. Aber hätte ich Ja gesagt, hätte sie sofort angefangen, welche zu backen.

»Morgen bin ich da. Ich muss das Ganze erst mal

allein verdauen. Ich muss jetzt wirklich Schluss machen. Bis dann, Mama.«

»Warte kurz!« Sie nahm einen tiefen Atemzug. »Ich freue mich wirklich, dass du dich aus diesem Schlamassel herausgezogen hast, in das ich dich gebracht habe. Ich wollte das wirklich nicht. Das musst du mir glauben.«

»Ich glaube es. Ich melde mich noch, versprochen.«

Ich legte auf und starrte auf das Telefon. Ich war so verschwitzt, als wäre ich einen Kilometer gerannt. Wir konnten einfach nicht wie normale Menschen miteinander reden. Aber es tat trotzdem gut, mit ihr zu telefonieren.

Ich schaltete das Telefon aus. Eingeschaltete Mobiltelefone waren eine Plage. Ständig musste man an sie denken, selbst wenn man der letzte Mensch auf der Welt wäre, würde man einen Anruf erwarten.

Dann ging ich in den Gastgarten und setzte mich an meinen Lieblingstisch. Er stand unter einem Nussbaum, von dem man eine gute Aussicht auf den Weinberg hatte. Kaum hatte ich Platz genommen, kam der Kellner an meinen Tisch. Er hieß Herr Sebastian und wog über hundert Kilo. Er stellte mir eine Karaffe Wein hin und begrüßte mich.

»Sie waren schon eine Weile nicht da, Herr Doktor. Hoffentlich waren Sie nicht krank?« Herr Sebastian nannte jeden Herr Doktor. Er ging davon aus, dass einem Schlimmeres passieren kann, als als Doktor angesprochen zu werden.

»Große Probleme kommen auf mich zu«, ließ er

mich wissen und schenkte mir ein. »Stellen Sie sich vor, ich hatte letzten Dienstag eine Art Schlaganfall. Mein linkes Ohr hat gepfiffen wie der Schiedsrichter beim Länderspiel gegen Deutschland. Das ging zwei Tage so, dann war es plötzlich wieder vorbei.«

»Sie sind eben ein harter Brocken«, lobte ich ihn.

»Sagen Sie das meiner Frau«, erwiderte er. »Die meint, ich bin hart wie ein Pudding. Ich könnte Ihnen über die Ehe erzählen, Herr Doktor! Rufen Sie mich, wenn Sie Nachschub brauchen. Ich bin nicht weit weg. Zum Wohl!«

Er drehte sich um und verschwand hinter der Theke.

Ich nahm einen Schluck und ließ ihn mir auf der Zunge zergehen. Manchmal schmeckt Wein wie Essig und manchmal wie Götternektar. Heute war Götternektartag. Ich nahm einen zweiten Schluck und sah mich unter den Gästen um. Es waren die gleichen Leute da wie immer. Pensionierte Eisenbahner, Klempner in ihrer Arbeitsmontur und andere, die man schwer arbeitende Bevölkerung nannte. Manager und ihresgleichen mieden dieses Lokal. Es war ihnen hier zu leise und zu rustikal. Ich nahm noch einen ordentlichen Schluck. Die Leute in der Plüschstadt sagen, der Wein schmecke am besten, wenn man seine Quelle vor Augen habe. Dem konnte ich mich nur anschließen. Manchmal tat es gut, den ganzen Kreislauf im Auge zu behalten.

Nach dem zweiten Schluck spürte ich langsam, wie die Anspannung nachließ. Die Kommission hatte mich mehr Nerven gekostet, als ich wahrhaben wollte. Ich hätte nie gedacht, dass dieser Dr. Fuchs so eine Schlange war. Ich hätte schwören können, dass er auf meine idiotischen Antilopen hereingefallen war. Ich hatte ihm sogar sein entsetztes Gesicht abgekauft, als ich sagte, ich hätte Panikattacken, sobald ich den österreichischen Adler sehe. Ich war auf sein Lächeln hereingefallen. Aber zum Glück waren Lächler keine guten Menschenkenner. Er war sich sicher gewesen, dass Dr. Winkelmann mich endgültig ausradieren würde, und hatte mich mit vollster Absicht in die Falle laufen lassen. Dr. Winkelmann war aus anderem Holz geschnitzt und hatte mich gerettet. Sie hatte ich kein einziges Mal lächeln sehen. Ich beschloss, ihr so schnell wie möglich eine Postkarte mit einem Dankeschön zu schicken.

Ich holte das Schreiben heraus, das sie mir gegeben hatte, und überflog es noch einmal. Ich sollte mich bereits Anfang nächsten Monats in einem Altersheim namens »Weiße Tulpe« melden. Ein Altersheim war vermutlich kein Hort der Fröhlichkeit, und noch weniger wurde dort wahrscheinlich täglich das Fest des Lebens gefeiert. Aber es waren nur drei Monate und sicher kein Vergleich zu einer Kaserne. Ich fragte mich nur, warum sie ausgerechnet dieses Altersheim ausgesucht hatte. Kannte sie dort jemanden? Oder hatte sie mein Spruch, »ich sehe die Möglichkeit, mein Chaos zu klären«, dazu inspiriert? Was immer es auch war, ich würde es schon bald selber herausfinden. Jetzt wollte ich mich nur ausruhen und am Wein nippen. Heute war es einfach zu viel des Guten gewesen. Ich kam mir vor wie Odysseus, der mit den Zyklopen gekämpft und im letzten Moment gesiegt hat. Dabei war ich kein geborener Kämpfer. Äußerlich wirkte ich vielleicht, als könnte ich jeden Schlag souverän einstecken und hätte auch keine Probleme, welche auszuteilen. Aber jeder Schlag hinterließ bei mir seine Spuren, und es gab inzwischen reichlich viele davon. Die kleinen täglichen Kämpfe um einen guten Platz im Kino zum Beispiel oder um beim Radatz nicht übers Ohr gehauen zu werden waren da gar nicht mitgezählt. Ich fragte mich langsam, ob diese Kämpfe in meinem Fall nur eine Abfolge von bösen Zufällen waren oder ein Naturgesetz. Ich hoffte inständig, dass es böse Zufälle waren. Denn wenn es sich um ein Naturgesetz handelte, würde ich früher oder später aus diesem Verein austreten müssen. Dieses Gezerre und Taktieren lag mir nicht. Im Gegenteil. Gäbe es so etwas wie ein Ministerium für kampfesmüde Bürger, würde ich sofort dort ein Formular ausfüllen und mich vom Dienst abmelden.

Ich würde es am liebsten so wie mein Großvater machen. Schon als junger Mann hatte er inklusive des Zweiten Weltkriegs an so vielen Kämpfen teilgenommen, dass ihm schnell dämmerte, dass er spätestens mit vierzig alt und verrückt werden würde, wenn er nichts dagegen unternahm. Also zog er in ein kleines desolates Haus mit einem verwilderten Garten am Rande Warschaus und kämpfte von da an gegen Stare, die seine Sonnenblumen fressen wollten, und Kartoffelkäfer, die es auf sein Gemüse abgesehen hatten. Jeden Abend trat er vors Haus mit einem Gläschen Schnaps, das nicht größer war als ein Parfümfläschchen, schaute auf sein Schlachtfeld und freute sich, dass er sich für den richtigen Krieg entschieden hatte. »Das Leben macht mit uns, was es will, aber ich, ein einfacher Schuhmacher aus Warschau, habe beschlossen, dasselbe mit ihm zu machen«, hatte mein Großvater immer gesagt. Das war die intelligenteste Art, sich aus einem Krieg herauszuhalten. Noch dazu aus einem, den man gar nicht angefangen hatte.

10

Ein paar Tage vor dem Antritt meines Zivildiensts musste ich mich noch um meine zivile Zukunft kümmern. Damit meine ich meinen Ableserjob. Eine zweite Stelle wie diese würde ich nie wieder finden, das war so sicher wie das Amen in der Kirche. Die Gefahr, dass sich diese Stelle vor meiner Rückkehr in Luft auflösen würde, war also ziemlich groß. Schon jetzt standen die Leute vor unserer Firma Schlange, und drei Monate waren eine Ewigkeit in der Jobwelt. Das bedeutete aber, dass ich bei meinem Chef, Ingenieur Wasserbrand, vorsprechen musste, was bei mir ein mulmiges Gefühl auslöste.

Es gab nicht viele Leute, aus denen ich so wenig schlau wurde wie aus ihm. Ingenieur Wasserbrand war das, was man einen Sonderling nennt. Er hatte feuerrotes Haar, das vermutlich gefärbt war und wie eine Krone auf seinem Kopf saß. Manchmal tastete er dort herum wie in einem Nest, als hätte er dort etwas versteckt. Seine Garderobe kam aus der Epoche, in der die Leute in einer Motorradlederjacke zur Welt gekommen waren. Dennoch sah er für seine fünfzig erstaunlich jung aus, als wäre seine biologische Uhr bei vierzig stehen geblieben. Ich hatte bis jetzt nur zweimal mit ihm persönlich zu tun gehabt. Und jedes Mal hatte ich den Eindruck gehabt, es mit einem anderen Menschen zu tun zu haben. Im Vorstellungsgespräch zeigte er nach fünf Minuten auf eine Waage, die mitten im Büro stand, und befahl mir daraufzusteigen. Ich dachte, er mache einen Scherz, aber er sah mich ganz ernst an. Also tat ich ihm den Gefallen, und er notierte sich mein Gewicht. Dann sagte er: »Nennen Sie mich einen Gewichtsrassisten, aber ich stelle am liebsten Leute ein, die weniger als siebzig Kilo wiegen. Ich habe eine Schwäche für dünne Menschen. Denn sie kommen an jede Heizung heran.« So wurde ich dank meines Körpergewichts eingestellt.

Bei unserer zweiten Begegnung musste ich vor ihm erscheinen, weil jemand behauptet hatte, ich hätte absichtlich die Plomben vertauscht und geschummelt. Das war ein klarer Kündigungsgrund.

Ingenieur Wasserbrand hörte sich meine Argumente an und nestelte dann in seiner feuerroten Frisur herum. »Jemand behauptet, dass Sie nicht die Wahrheit sagen«, begann er, während er mich hinter seinem Schreibtisch ins Visier nahm. »Ich habe keine Ahnung, ob das stimmt. Ich bin nämlich kein Gott, auch wenn kein Tag vergeht, wo ich das nicht gerne wäre. Aber ich bin Eigentümer dieser Firma, und ich entscheide mich immer für meine Leute und nicht für einen Typen, der Anzug trägt und nach Paco Rabanne riecht. Gehen Sie wieder an die Arbeit, Wiewurka, und seien Sie das nächste Mal vorsichtiger! Verstanden?«

Das war vor drei Monaten gewesen.

Als ich nun in der Früh in sein Büro kam, schien Ingenieur Wasserbrand ausgezeichneter Laune zu sein.

Sobald er mich erblickte, sprang er auf und schob mir den Stuhl unter den Hintern. Dann stellte er sich hinter mich, sodass ich spüren konnte, wie er mir in den Nacken atmete, und sagte:

»Wiewurka, bevor Sie mir erklären, was Sie wollen, müssen Sie etwas über mich wissen. Es gibt Tage, da bin ich wie das Leben. An mir geht man nicht einfach so vorbei, ohne etwas zu leisten. Ich sehe Ihnen an, dass Sie etwas Wichtiges von mir wollen, aber Sie werden es nicht einfach so schwuppdiwupp bekommen. Sie müssen vorher etwas erraten. Machen Sie das für mich, Wiewurka?«

»Natürlich, Chef!«

»Wunderbar. Das lässt sich hören.« Er ging um den Schreibtisch herum und setzte sich auf seinen Platz.

»Die Sache sieht folgendermaßen aus. Ich fürchte, ich bin dabei, den Glauben an Ihre Generation zu verlieren. Ihre Generation weiß nämlich nichts über gewisse Dinge, die für meine Generation so wichtig waren wie ein Janis-Joplin-Song für eine gute Party. Ich möchte, dass Sie den Ruf Ihrer Generation retten. Stellvertretend sozusagen. Trauen Sie sich das zu?«

»Ich gebe mein Bestes, Herr Wasserbrand.«

»Ich mache es Ihnen leicht. Beantworten Sie mir nur eine Frage: War Otis Redding ein Schwarzer oder ein Weißer?«

Ich hatte keine Ahnung, wer Otis Redding war, aber es war nicht schwer zu erraten, dass es ein Musiker sein musste. Ingenieur Wasserbrand kannte nur Musiker.

Meine Chancen standen fünfzig zu fünfzig.

»Schwarz.«

»Sind Sie sicher?«

»Jawohl, schwarz wie die Nacht.«

Ingenieur Wasserbrand grinste über das ganze Gesicht.

»Ich wusste, auf Sie ist Verlass, Wiewurka. Leute, die sich mit der Vergangenheit auskennen, haben eine große Zukunft vor sich. Den Spruch habe ich erfunden übrigens. Und wussten Sie eigentlich, dass Otis Redding ungefähr in Ihrem Alter war, als er starb?«

»Nein, aber es tut mir leid, das zu hören.«

»Das muss es nicht. Damals machten die Musiker noch richtige Musik und kamen früh durch spektakuläre Unfälle ums Leben. Anders als heute. Die Welt ist heute voller unbegabter Esel, die ewig leben wollen. Wir brauchen nur das Radio aufzudrehen und hören, was dabei herauskommt.«

Ingenieur Wasserbrand schraubte an seinem Sessel und lehnte sich zurück.

»Also, was kann ich tun, Wiewurka? Sie sagten am Telefon, es sei dringend.«

»Es ist tatsächlich dringend. Ich habe da ein Problem, bei dem nur Sie mir helfen können, Chef.«

»Das klingt etwas dramatisch. Lassen Sie hören!«

»Werfen Sie bitte mal einen Blick auf dieses Dokument.« Ich beugte mich vor und gab ihm die Aufforderung zur Ableistung meines Zivildiensts. Er überflog das Papier und sah wieder zu mir auf.

»Was fällt dem blöden Staat ein, mir meinen besten Mitarbeiter wegzunehmen?«

»Da müssen Sie den Staat fragen.«

»Kann man nicht dagegen protestieren oder es kündigen?«

»Das ist kein Fernseh-Abo. Ich kann mich glücklich schätzen, dass ich nicht bereits im Inneren eines Panzers durch die Auen Kärntens düse.«

Er sah noch mal auf das Schreiben.

»Richtig. Die gute Nachricht ist, dass es in Wien ist. In einem Altersheim. Das klingt allerdings nicht so prickelnd. Was halten Sie von der ganzen Sache? Das schmeckt Ihnen gar nicht, nehme ich an?«

»Wie mein Großvater zu sagen pflegte: In den düsteren Zeiten halte ich Ausschau nach einem Sonnenstrahl.«

So etwas hätte mein Großvater niemals gesagt. Ich hatte diesen Spruch irgendwo in einer Illustrierten vor Jahren beim Zahnarzt aufgeschnappt.

»Da haben Sie Glück, dass Ihr Großvater so ein Goethe war. Mein Großvater hat mich in der Früh mit einer Rute geweckt, und dann musste ich barfuß zehn Kilometer laufen, um die Milch zu holen. Wo genau sehen Sie die Sonnenstrahlen?«

»Also, wie gesagt, es ist in der Nähe, und es ist keine Kaserne. Aber das Wichtigste: Es ist nicht lang. Nur drei Monate. Und damit bin ich bei dem Grund für meinen Besuch. Werden Sie mich nach diesen drei Monaten wieder einstellen?«

»Drei Monate?« Ingenieur Wasserbrand lehnte sich zurück und starrte eine Weile an die Wand. »Wissen Sie, was heute drei Monate sind? In dieser Zeit, wo alle nur noch in Sekunden denken?«

»Ich weiß, eine Ewigkeit. Aber Sie sagten, ich sei

ein ganz guter Mitarbeiter. Immerhin hatte ich allein im letzten Jahr eine Quote von neunzig Prozent.«

Ingenieur Wasserbrand breitete die Arme aus, was immer ein Zeichen für schlechte Nachrichten war.

»Das stimmt. Sie sind ein guter Mann. Und vor allem ein dünner Mann. Sie sind sogar dünner als dieser Pygmäe aus Kroatien, der überall herankommt. Aber wie soll ich Ihnen bei dieser Fluktuation heute eine Stelle frei halten? Die Zeiten sind nicht geschaffen für so was. Ich habe eine Firma zu führen. Und eine Firma ist keine Ansammlung von Menschen mehr, sondern von Robotern. Funktioniert einer nicht, wird er ersetzt.«

»Also nicht«, murmelte ich. Ich war ehrlich enttäuscht. Das hätte ich nicht gedacht. Nicht von Wasserbrand.

Er betrachtete mich düster und schwieg. Dann brach er in Gelächter aus.

»Sie blöder Arsch. Sie haben es wirklich geglaubt, dass ich Sie feuere? Ich, der Mann, der Jimi Hendrix live hat spielen sehen? Was halten Sie denn eigentlich von mir? Dass ich einer von diesen Psychopathen in Anzug bin?«

»Nein«, sagte ich unsicher, aber in einem Anflug unbestimmter Freude. »Heißt das, ich darf wiederkommen?«

»So sicher, wie Otis Redding schwarz ist. Allerdings, dass Sie mich so mies eingeschätzt haben, bringt mich schon in Versuchung, Sie zu feuern. Ich hoffe, Sie haben eine Erklärung dafür. Raus mit der Sprache.«

»Sie waren sehr glaubhaft. Sie sind ein erstklassiger Schauspieler.«

»Finden Sie?« Er nahm das Foto einer Frau vom Schreibtisch, die gut zwanzig Jahre jünger war als er, und betrachtete sein Spiegelbild darin. »Ich war früher wirklich nicht schlecht auf der Schulbühne. Aber jetzt spiele ich nur noch im echten Leben. Und glauben Sie mir, das ist ein Vollzeitjob. Aber zurück zu Ihnen. Wir machen es folgendermaßen: Sie bringen jetzt möglichst rasch diesen Zivildienst hinter sich und kommen dann wieder zu mir in die Firma. Ich werde Ihnen den Platz frei halten.«

»Danke, Herr Ingenieur. Ich weiß, was Sie da gerade für mich getan haben.«

»Ich mache, was ich will, Wiewurka. Das war immer schon mein Motto. Meiner ganzen Generation überhaupt. Früher taten die Leute viel mehr, was sie wollten. Sie sollten es auch mal versuchen! Dann schmeckt der ganze Kuchen gleich viel besser, wenn Sie verstehen, was ich mit Kuchen meine. Aber genug von meinen Weisheiten. Wäre das alles, oder haben Sie noch was auf dem Herzen?«

»Das wäre alles, Chef«, sagte ich und stand auf.

Ingenieur Wasserbrand stand ebenfalls auf und trat hinter seinem Schreibtisch hervor. »Geben Sie mir Ihre Pranke, Kumpel«, er ergriff meine Hand und schüttelte sie, »halten Sie mich auf dem Laufenden, wie die Alten mit Ihnen umgehen. Ich habe selber eine Mutter, die so steinalt ist, dass es schon wieder witzig ist. Sie glaubt in der Früh, sie sei Liz Taylor, und am Abend hält sie sich für einen Leguan. Dreimal dürfen Sie raten, wem sie ähnlicher sieht. Also wenn ich Ihnen einen Rat geben darf: Meiden Sie die Alten, und konzentrieren Sie sich auf die Sonnenstrahlen. Es ist zwar ein Altersheim, aber es gibt dort sicher auch ein paar hübsche Krankenschwestern. Machen Sie es so wie jeder alte Rocker. Gehen Sie nicht an der Schönheit vorbei!«

»Ich werde es versuchen, Chef.«

»Sagen Sie noch mal Chef zu mir, und ich überleg's mir noch einmal. Und jetzt raus hier, und machen Sie mir da draußen keine Schande. Und hier ein Geschenk auf den Weg.«

Er überreichte mir einen Firmenkugelschreiber. Es war einer der berühmten schwarzen mit der Aufschrift »Wasserbrand und Söhne«. Jeder von uns hatte inzwischen mindestens zehn davon.

»Schreiben Sie mir damit einen Lagebericht, wenn Sie dort sind. Keine E-Mails oder etwas in der Art. Und jetzt machen Sie sich aus dem Staub. Schließen Sie bitte die Tür möglichst leise hinter sich. Ich habe höllische Kopfschmerzen. Auf Wiedersehen, mein Junge.«

»Auf Wiedersehen, Herr Wasserbrand.«

Ich schloss die Tür so leise, dass nicht einmal ich selbst es hörte. Dann steckte ich den »Wasserbrand und Söhne«-Kugelschreiber ein.

11

Der Kugelschreiber von Ingenieur Wasserbrand war nicht das einzige Geschenk, das ich vor dem Einrücken in die »Weiße Tulpe« bekam. Auch meine Ableserei beschloss, mir ein Abschiedsgeschenk zu machen. Ich war in der Marco-Polo-Siedlung unterwegs und schon seit einigen Tagen in einer merkwürdigen Abschiedsstimmung. Ich erledigte alles so langsam, als wollte ich aus den Minuten Stunden machen. Ich stieg die Stufen langsamer hoch als sonst, tauschte die Plomben langsamer und machte den Eindruck, als wollte ich die Wohnungen gar nicht mehr verlassen. Die Leute spürten, dass meine Langsamkeit keine Müdigkeit war, sondern dass mich eine fremde hohe Macht in ihrem Griff hatte und ich nur noch halb anwesend war. Jedenfalls erinnerte ich mich nicht, jemals so viel Bier und Schnaps angeboten bekommen zu haben. Einmal blieb ich sogar bis zum späten Abend auf dem Sofa eines ÖBB-Schaffners sitzen, und wir schauten uns ein ganzes Fußballmatch zusammen an. Ein andermal hörte ich einer frisch geschiedenen Frau zwei Stunden zu, wie sie sich über ihren Exmann ausließ. Im Gegenzug dafür bekam ich eine erstklassige Lasagne mit echtem Parmaschinken, für die ihr Exmann immer zu »sterben bereit gewesen war«.

Aber das alles war nichts, verglichen mit dem, was mir gegen Ende meiner letzten Woche in einer Wohnung widerfuhr.

Schon als ich an die Tür kam, wusste ich, dass mich hier etwas Exotisches erwartete. Die Tür war von oben bis unten bemalt wie ein Gemälde. Es zeigte einen Mann mit einem zu großen Kopf und zu kurzen Beinen, der der untergehenden Sonne entgegenblickte und einen übergroßen Stein anhob. Als die Tür sich nach längerem Klingeln öffnete, staunte ich, wie gut der Maler sich getroffen hatte. Er sah fast genauso aus wie auf der Tür. Er trug sogar die gleiche Lederhose und das gleiche Holzfällerhemd.

»Normalerweise hätte ich nichts dagegen, wenn Sie mich noch eine Stunde so anstarrten, aber ich muss gleich weg«, begrüßte er mich mit einer überraschend angenehmen und festen Stimme. »Wie wäre es also, wenn Sie wie der Wind durch die Wohnung fegen und wir die Sache hinter uns bringen.«

»Ich bin so gut wie fertig«, sagte ich meinen Spruch auf und machte mich an die Arbeit. Schon nach einigen Augenblicken wurde klar, dass es weniger eine Wohnung war als eine umgebaute Skihütte. Praktisch alles außer meinen Heizkörpern gehörte ins Reich der Berge, denn wenn man in meiner neuen Heimat von etwas wirklich was versteht, dann davon, Tausende mysteriöse Gegenstände zu produzieren, die das Fortkommen in den Alpen erleichtern. Die Wände waren voll von unterschiedlichen Kletterhaken, Seilsalben, Lederfutteralen und Ähnlichem mehr. Ich wünschte, ich hätte mehr Zeit gehabt, diese Artefakte zu bewundern, aber der Mann folgte mir überallhin und schaute mir so aufmerksam über die Schulter, als würde ich nicht seine Heizung verplomben, sondern eine Herztransplantation vornehmen. Niemals hatte mir jemand so genau auf meine Hände geschaut. Zum Schluss knöpfte ich mir wie immer das Wohnzimmer vor. Wohnzimmer waren immer die sonderbarsten Räume einer Wohnung, aber dieses hier stand auf der Skala der Sonderbarkeit ganz oben. Es gab keine Möbel oder sonst irgendwelche Spuren dessen, was man Wohnlichkeit nennt. Stattdessen stand es voller Glasvitrinen, zwischen denen man auf schmalen Wegen hindurchgehen konnte. Etwas Ähnliches hatte ich mal im Naturhistorischen Museum in der Käfersammlung gesehen. Nur lagen in diesen Vitrinen hier keine Käfer, sondern kleine Felsbrocken. Sie mussten dem Mann viel bedeuten, denn sie waren fein säuberlich und wie rohe Eier in kleinen Holzschachteln untergebracht, die mit Stroh ausgelegt waren. In winziger Schrift stand darauf: »K2«, »Großglockner« oder »Eiger, Mönch und Jungfrau«.

Wenigstens war die Heizung leicht zugänglich. Ich verplompte sie rasch und sagte:

»Würden Sie bitte die Zählerstände unterschreiben?« Ich hielt ihm meinen Wasserbrand-Kuli hin und ließ meinen Blick noch mal durch den Raum wandern. Als er unterschrieben hatte, riskierte ich doch noch eine Frage.

»Was ist das eigentlich in Ihren Vitrinen?«

»Gefällt es Ihnen?«, fragte er zurück und gab mir den Kugelschreiber wieder.

»Sehr sogar. Sind das so eine Art Andenken?«

Offenbar hatte ich was Falsches gesagt, denn er bekam für einen Moment Augen wie ein Husky: »Sehe ich aus, als würde ich etwas so Überflüssiges sammeln wie Andenken?«, fragte er. »Das ist was für Touristen und Leute, die mit ihrem Leben nichts anzufangen wissen. Sehe ich aus, als wüsste ich nichts mit meinem Leben anzufangen?« Er klang plötzlich, als hätte ich ihn beleidigt.

»Ganz im Gegenteil«, verteidigte ich mich. »Sie sind zweifellos ein Mann, der...«, ich suchte verzweifelt nach dem richtigen Wort, »...der sehr genaue Vorstellungen vom Leben zu haben scheint.«

Sein Bart war in zwei Hälften geteilt und entblößte eine Reihe schneeweißer Zähne. Er polierte sie vermutlich regelmäßig mit selbst gepflückten Kräutern. Diesmal musste ich etwas gesagt haben, das ihm gefiel. Seine gute Laune kehrte schlagartig zurück.

»Schauen Sie doch bitte genau hin«, sagte er sanft und zeigte auf die Vitrine vor meiner Nase. »Was sehen Sie da?«

Ich ging so nah an das Glas wie nur möglich. Aber es waren immer noch gewöhnliche Felsstücke, egal, aus welcher Entfernung man sie betrachtete.

»Ich muss passen«, sagte ich. »Worauf muss ich achten? Übersehe ich etwas Wichtiges?«

»Alles haben Sie übersehen! Aber das ist nicht Ihre Schuld. Sie sehen mit den Augen eines Laien. Nehmen wir den da zum Beispiel«, er zeigte auf ein Felsstück, das wie ein halbiertes Brot aussah. Auf der Schachtel stand: »Eiger, Mönch und Jungfrau«. »Das habe ich als

Letztes heruntergeholt.« Er berührte zärtlich das Glas: »Das sind alles Gipfel.«

»Gipfel? Was für Gipfel?« Ich stand auf der Leitung. Aber ich war kein Bergmensch.

»Berggipfel natürlich. Alle eigenhändig abgeschlagen. Mit der Spitzhacke da drüben.« Er zeigte auf die Spitzhacken, die sich in einer Ecke türmten. »Und jetzt sind sie alle hier bei mir.«

»Ja, aber darf man das denn?«, fragte ich verwundert. Eine berechtigte Frage, wie ich fand. Wenn mehr Leute auf die Idee kämen, würden die Österreicher bald statt Skiabfahrten nur noch einen großen flachen Eislaufplatz haben.

»Sicher darf man das. Die Berge gehören uns allen.«

»Ich verstehe«, sagte ich. »Das ist wirklich originell.«

»Das ist nicht originell«, er ärgerte sich wieder, »das ist notwendig und nützlich.«

Ich zweifelte daran, ob der Alpenverein das auch so sehen würde, aber ich nickte eifrig, weil mir nichts Intelligentes als Antwort einfiel.

»Ich bin kein primitiver Gipfeldieb, mein Junge«, belehrte er mich dann. »Wenn ich ein Problem habe, gehe ich auf einen Berg und schlage einen Gipfel ab. Letztes Jahr starb meine Mutter, da habe ich den Großglockner genommen. Ich habe sieben Tage gebraucht, um hinaufzukommen, weil das Wetter so schlecht war. In diesen sieben Tagen habe ich alles vergessen, sogar dass ich eine Mutter hatte, die einfach so tot umgefallen ist.« Er nahm vorsichtig einen anderen Gipfel heraus. »Und den habe ich vom Montblanc geholt, als meine Angetraute mir sagte, sie würde lieber mit der

Luft zusammenleben als mit mir. Da habe ich endgültig verstanden, was das Wichtigste ist im Leben. Weder Geld noch Gesundheit, ja nicht mal die Liebe, sondern die Vogelperspektive. Hinter der sind alle her. Verstehen Sie langsam?«

»Ich glaube, ich fange an, ja.«

Ich sah mich noch mal um. Es mussten Dutzende Gipfel sein.

Der Mann sah mich an, als wäre ihm plötzlich etwas Bedenkliches an mir aufgefallen.

»Warten Sie. Da ist noch etwas, was ich Ihnen zeigen muss.«

Er holte einen Gipfel aus einer Vitrine heraus, der nicht größer als eine Zündholzschachtel war.

»Den habe ich aus der Hohen Tatra geholt, als der Arzt sagte, ich habe einen Tumor in der Lunge. Der Gipfel hat mir das Leben gerettet, auch wenn der Arzt der Meinung ist, er sei das gewesen. Strecken Sie die Hand aus!«

Ich folgte seiner Bitte, und er legte mir den Gipfel in die Hand.

»Der ist für Sie. Sie sehen zwar nicht krank aus, aber auch nicht besonders frisch. Sie haben eindeutig etwas, was Sie wurmt. Da kann ein wenig Vogelperspektive nicht schaden.«

»Das ist sehr großzügig von Ihnen, aber ich kann Ihren Gipfel unmöglich annehmen.«

»Sicher können Sie! In einem Jahr kommen Sie wieder und berichten mir, wie es Ihnen ergangen ist. Einverstanden?«

Ich schaute auf den Gipfel in meiner Hand. Er fühlte

sich erstaunlich leicht an. Er glitzerte, als wäre er mit winzigen Diamanten versetzt.

Plötzlich kehrte die anfängliche Eile wieder zu meinem Gastgeber zurück, und er zeigte auf die Heizung. »Sind Sie schon fertig mit der Ablesung?«

»Ich bin durch. Ja.«

»Dann muss ich Sie bitten, mich wieder allein zu lassen. Ich will Sie keineswegs hinauswerfen, aber ich muss noch packen, in einer Stunde geht mein Flugzeug. Ich fliege nach Nepal. Sie verstehen.«

»Natürlich. Und lassen Sie noch etwas vom Mount Everest übrig.«

»Jetzt weiß ich ganz sicher, dass der Gipfel in den richtigen Händen ist.«

Er ergriff meine Hand und zerquetschte sie beinah. Dann bugsierte er mich aus der Wohnung.

Als ich wenig später im Hof stand, zog ich den Gipfel aus der Tasche und betrachtete ihn im hellen Tageslicht. Er sah aus wie ein ganz gewöhnlicher Stein. Nur die eine Seite, die der Mann mit der Spitzhacke abgetrennt hatte, deutete darauf hin, dass es ein Gipfel war.

Ich steckte ihn in die Tasche zurück und machte mich auf den Weg in die nächste Stiege. Bei dem, was mir bald bevorstand, konnte ein wenig Vogelperspektive wirklich nicht schaden. Auch wenn es Vogelperspektive im Taschenformat war. Aber ich hatte ja die Augen eines Laien, wie er es ausgedrückt hatte. Und Laien mussten sich nun mal mit kleineren Dimensionen zufriedengeben.

12

Am ersten Julimorgen war es so weit. Ausgestattet mit Ingenieur Wasserbrands Kugelschreiber und dem Gipfel, radelte ich hinauf in den 19. Bezirk, um meinen Dienst im Altersheim »Weiße Tulpe« anzutreten. Ich hätte dabei fast einen Herzinfarkt erlitten, weil es so steil nach oben ging. Aber es lag wohl in der Natur der Sache, dass die reichen Bezirke höher als die übrigen lagen.

Je tiefer ich in den Neunzehnten vordrang, desto mehr wichen normale Häuser Villen und anderen prunkvollen Gebäuden. Für einen Ableser, der täglich in Gemeindebauten arbeitete, war das ein gewöhnungsbedürftiger Anblick. Ich hatte noch nie so viele prächtige Häuser auf einem Fleck gesehen. Sie machten einen sehr gepflegten und zugleich verlassenen Eindruck. Allein eines davon hätte hundert Menschen fassen können, dabei lebte darin höchstens eine Familie oder überhaupt niemand.

Ich staunte aber am meisten, als sich herausstellte, dass die »Weiße Tulpe« auch in einer solchen Villa untergebracht war. Noch dazu in gar keiner kleinen. Sie hatte vier Stockwerke und einen Süd- und Nordflügel. Sie war umgeben von einem großen Garten, der eigentlich mehr ein Park war. Über dem Eingang stand: »Seniorenheim Weiße Tulpe«. Wäre nicht dieses Schild gewesen, würde niemand darauf kommen, dass dort Menschen wohnten, die zur Welt gekommen waren, als gerade das Auto erfunden wurde.

Ich stellte mein Rad neben dem Eingang ab und ging hinein. Ich fand mich in einem Foyer wieder, das ähnlich aussah wie das des Kunsthistorischen Museums. An den Wänden hingen viele alte Bilder. die vor allem männliche Porträts und Stillleben zeigten. Ich ging auf gut Glück einen Gang hinunter, der in das Innere des Hauses führte, um das Büro des Leiters zu finden, bei dem ich mich melden sollte. Je tiefer ich in das Gebäude vordrang, desto mehr ähnelte das »Seniorenheim Weiße Tulpe« einem alten Grandhotel. In der Luft lag ein Geruch, der wohl in allen Altersheimen der Welt herrschte. Es roch nach Essen, Desinfektionsmittel und etwas, über das ich lieber nicht nachdenken wollte.

Zum Glück fand sich das Büro des Leiters praktisch von selbst. Es war gleich am Ende des Ganges, gegenüber einem großen Gemälde, das einen Mann mit mächtigen Koteletten zeigte. Bevor ich eintrat, warf ich einen kurzen, fachmännischen Ableserblick auf die Tür. Ich hatte schon seit Langem kein so elegantes Exemplar gesehen. Sie bestand aus massiver Eiche und hatte ein Messingschild, auf dem »Dr. Ring« stand. Ganz unten entdeckte ich typische Spuren, wie man sie hinterlässt, wenn man die Tür mit dem Schuh aufhält. Auch das Schloss wies tiefe Kratzer auf. Wer immer dieser Dr. Ring auch war, zwei Dinge konnte ich bereits mit Sicherheit über ihn sagen: dass er die Tür mit dem Schuh offen hielt, wenn er keine Hand frei hatte. Und dass er das Schloss häufig im Dunkeln aufmachen musste, was die Kratzer erklärte.

Ich nahm drei tiefe Atemzüge, als würde ich unter Wasser tauchen, und klopfte an. Ich hörte ein gedämpftes »Herein bitte« und trat ein. Ich hatte in der letzten Zeit eine Menge Büros gesehen, aber dieses stach wirklich angenehm heraus. Es war weniger ein Büro als eine alte Kapitänskajüte aus den Piratenfilmen mit Errol Flynn. An den Wänden standen alte Glasvitrinen und wuchtige Möbel. Sogar der Medizinschrank war eine umfunktionierte Vitrine, in der man früher wohl Porzellan aufbewahrt hatte. Es gab kaum einen Gegenstand, der jüngeren Datums gewesen wäre. Das galt auch für Dr. Ring. Er befand sich in diesem schwer zu bestimmenden Alter zwischen sechzig und siebzig, hatte eine breite Stirn, in die graues, aber dichtes Haar fiel. Seine Nase war klobig und berührte fast die Oberlippe. In diesen groben Zügen aber lag eine eigenartige Zerbrechlichkeit, die man nicht oft bei Menschen seines Alters sieht.

Dr. Ring war gerade in ein Dokument vertieft und sagte, ohne mich anzusehen:

»Bitte kommen Sie doch näher, ich bin gleich so weit.«

Ich trat an den Schreibtisch heran, und ein leichter Hauch von Sliwowitz umwehte mich. Dr. Ring legte das Dokument beiseite, das ich als meine Akte erkannte. Dieses Ding wartete wohl überall auf mich.

»Entschuldigen Sie, dass ich Sie warten ließ, aber ich wollte wenigstens etwas über Sie wissen, bevor wir uns unterhalten. Bitte nehmen Sie doch Platz.« Er zeigte auf den Stuhl vor seinem Schreibtisch. Ich zögerte kurz, denn der Stuhl sah ziemlich gebrechlich aus.

»Nur zu. Er hat schon eine Menge ausgehalten«, ermunterte er mich und lächelte. Er hatte ein sympathisches Lächeln. Ganz anders als das von Dr. Fuchs, der sich fast an seinem eigenen Lächeln verschluckte.

Ich nahm Platz. Der Stuhl knarzte, hielt aber mein Gewicht aus. Er war robuster, als er aussah.

»Ich muss gestehen, dass ich in einer ähnlich ungewohnten Situation bin wie Sie«, erklärte Dr. Ring. »Sie sind der erste Zivildiener, den wir jemals hatten, und ich nehme an, Sie werden auch nicht viele Altersheime besucht haben.«

»Das stimmt. ›Die Weiße Tulpe‹ ist mein erstes«, sagte ich und fügte hinzu: »Aber vielleicht nicht mein letztes.« Das hätte ich mir sparen können, es war nicht besonders originell.

»Na, wenigstens nehmen Sie die Sache mit Humor. Vielleicht sollten Sie am Anfang zwei, drei Dinge über Ihre neue Arbeit erfahren, zu der man Sie gegen den eigenen Willen verdonnert hat, nicht wahr?«

Er machte eine Geste, die das ganze Haus einschloss.

»Es gibt uns schon seit über hundert Jahren. Und so kurios das auch klingt – wir sind das älteste Altersheim im deutschsprachigen Raum. Der Name unseres Heimes geht auf eine Millionärswitwe zurück, die uns dieses Haus im vergangenen Jahrhundert vermacht hat. Sie war vernarrt in weiße Tulpen, die hier damals überall wuchsen. Daher nennen sich unsere Senioren auch gerne Tulpianer. Zurzeit haben wir hier im Haus fünfundvierzig Bewohner. Zwei Drittel davon sind

Frauen, denn ab einem gewissen Alter wird die Luft für das männliche Geschlecht dünn, wenn Sie wissen, was ich meine. Das Personal besteht aus sieben Krankenschwestern. Ich bin der einzige Arzt hier. Was uns endlich zu der Frage bringt, worin Ihre Aufgabe hier besteht.«

Er sah mich an, als wäre ich ein Problem, über das er sich noch nicht ganz im Klaren war.

»Für den Anfang würde ich vorschlagen, dass Sie dem Pflegepersonal unter die Arme greifen, bis wir eine geeignete Aufgabe für Sie finden. Darf ich fragen, ob Sie schon jemals mit alten Menschen zu tun hatten?«

»Ich bin bei meinen Großeltern aufgewachsen.«

»Das erleichtert die Sache erheblich. Ein Altersheim ist ja nicht jedermanns Sache. Sie werden eine Weile brauchen, um sich hier einzuleben. Ich werde Sie daher einer Krankenschwester zuweisen, die Sie in alles einweiht. Danach sehen wir weiter. In Ordnung?«

»In Ordnung.«

Dr. Ring breitete die Hände aus, als wäre er überrascht.

»Das ging glatter, als ich dachte. Wenn Sie Fragen haben, dann wäre das jetzt ein guter Zeitpunkt, sie zu stellen.«

»Ich habe, offen gesagt, eine Menge Fragen, aber ich denke, dass sich viele davon im Laufe meiner Arbeit von selbst beantworten.«

»Das ist eine intelligente, um nicht zu sagen weise Bemerkung.« Dr. Ring verstummte wie jemand, der sich das Wichtigste für den Schluss aufgehoben hatte.

»Dann bleibt nur noch eine Sache. Ich habe soeben das hier studiert«, er legte die offene Hand auf meine Akte, »und habe dem ein paar interessante Details entnommen. Zum Beispiel, dass Sie nicht zum Bundesheer wollten. Sie sagten, wie war das noch...«, er blätterte in meiner Akte, »... dass Sie nicht ein Jahr Ihres Lebens für etwas Unsinniges verschwenden wollten, weil es jeden Moment zu Ende gehen könnte. Ich habe mir das extra angestrichen.«

Dr. Winkelmann hatte anscheinend jedes Wort festgehalten, das ich gesagt hatte.

»Ich war ziemlich aufgeregt. Da rutscht einem schon mal etwas Dramatisches raus.«

»Sie brauchen sich nicht zu entschuldigen. Im Gegenteil. Das ist ein Satz, den gerade der Direktor eines Altersheimes gut versteht. Zeit ist eine kostbare Sache, selbst wenn man davon nur drei Monate abgeben muss. Aber nicht alles, wozu man gezwungen wird, stellt sich als Unglück heraus. Vielleicht wird dieses Haus Ihnen nicht nur Zeit stehlen. Betrachten Sie Ihren Aufenthalt hier vielleicht stattdessen als ein...«, er suchte nach dem richtigen Wort, »... als ein Sprungbrett.«

»Ein Sprungbrett?«

»Die Leute draußen halten Altersheime für mit Feng-Shui getarnte Sterbehallen. Das stimmt und ist dennoch ungerecht. Unser ganzer Planet ist doch eine mit Feng-Shui getarnte Sterbehalle. Nur weil draußen der Himmel blau ist, heißt das nicht, dass nicht auch dort Leute sterben. Ich will Ihnen auf diese Weise nur sagen, dass Sie uns nicht in eine Schublade stecken sollten.«

»Das hätte ich sowieso nie getan.«

»Wunderbar. Dann wären wir fürs Erste fertig hier«, sagte Dr. Ring und klappte meine Akte wie etwas zu, das seinen Zweck für alle Zeiten erfüllt hatte.

»Nehmen Sie sich den restlichen Tag frei, und erscheinen Sie morgen pünktlich um sieben zum Dienst. Ich heiße Sie hiermit offiziell bei uns willkommen, Herr Wiewurka.«

»Vielen Dank, Herr Direktor.«

»Und jetzt entschuldigen Sie mich. Ich muss mich jetzt um meinen üblichen Tageskram kümmern. Sollten Sie noch Fragen haben, Sie wissen ja, wo Sie meine Tür finden.«

»Allerdings. Die habe ich mir gemerkt. Mit Türen kenne ich mich aus.«

Kaum hatten die Worte meinen Mund verlassen, wünschte ich, ich hätte sie nicht gesagt. Es klang, als würde ich Türen reparieren oder wäre ein Tischler.

Dr. Ring tat es mit seinem milden Lächeln ab und sagte:

»Dann werfen Sie sie nicht zu fest ins Schloss. Sie ist schon ein wenig ramponiert.«

Ich erhob mich von meinem Stuhl und verließ sein Büro. Nicht nötig, zu betonen, dass ich seine Tür so vorsichtig schloss, dass man es nicht einmal hörte.

13

Wenn ich wirklich etwas konnte, dann in einem neuen Job schnell heimisch werden. Wenn man so oft seine Anstellung wechselte wie ich, war das überlebenswichtig. Schnell in einen eigenen Rhythmus zu kommen war das Wichtigste, und am Anfang möglichst wenig anzuecken. Man führte die Befehle, egal, wie stupide sie waren, ohne zu murren aus, denn eigentlich wurde nur getestet, wie viel man aushielt. In dieser Hinsicht war die »Weiße Tulpe« nicht viel anders als andere Arbeitsplätze. Sie hatte sogar eine gewisse Ähnlichkeit mit der Ableserei. Auch hier fing mein Tag damit an, dass ich von einer Wohnung zur anderen laufen musste. Der Unterschied war nur, dass ich keine Plomben, sondern Buttercroissants und Medikamente austeilte. Mein Tag bekam schnell einen regelmäßigen Ablauf. Zuerst servierte ich das Frühstück und tauschte ein paar Nettigkeiten mit den Tulpianern aus. Dabei übersah ich geflissentlich, wenn einer sein Gebiss noch nicht gefunden hatte oder sich nicht im Klaren darüber war, dass er so gut wie nichts anhatte. Am gewöhnungsbedürftigsten für mich war es, den Tulpianern dabei zuzusehen, wie sie aufwachten. Ein Mensch, dessen Körper über achtzig Jahre in Betrieb war, wachte ganz anders auf als ein junger. Er sprang nicht aus dem Bett wie das Teufelchen aus der Schachtel, um dann mit lauter Stimme zu fluchen: »So spät ist es schon?« oder »Wo ist denn meine Uhr?«

Er kam eher zu sich wie nach einer schweren Operation. Er machte die Augen auf und wartete, bis der Plafond sich über ihm materialisierte und nach und nach die anderen Gegenstände im Raum. Dann schlug er die Decke zur Seite wie eine tonnenschwere Marmorplatte, unter der er die ganze Nacht begraben gelegen hatte, und murmelte etwas zur Begrüßung. Das war für mich das Zeichen, das Frühstück zu servieren und zum nächsten Zimmer zu gehen.

Nach dem Frühstück begleitete ich die Tulpianer in einen Raum, den man das »Casino« nannte. Das war ein großer Aufenthaltsraum mit einem Fernseher und einigen Brettspielen. Die meisten Tulpianer waren nicht wiederzuerkennen, wenn sie das Casino betraten. Ihre Morgenohnmacht war spurlos verschwunden, das Gebiss saß an seiner Stelle, und alle steckten in eleganten Sachen, die ihnen eine Souveränität verliehen, um die sie nach dem Aufwachen so heftig gerungen hatten. Die meisten setzten sich gleich vor den Fernseher, um sich eine weitere Folge einer Telenovela anzuschauen, in der die schöne Putzfrau namens Esmeralda seit Dutzenden Folgen von einem gut aussehenden Sohn einer reichen Plantagenbesitzerfamilie umgarnt wurde.

Eine kleinere Gruppe, interessanterweise nur Männer, nahm die Brettspiele in Beschlag, am liebsten »Mensch ärgere Dich nicht« und Schach, der Rest zog sich mit der Zeitung ans Fenster zurück. Auch hier waren meine Aufgaben klar umrissen.

Lief der Fernseher zu laut, drehte ich ihn leiser, damit die Brettspieler ihre Konzentration nicht verloren. Fingen die Zeitungsleser trotz Rauchverbot zu rauchen an, nahm ich ihnen die Streichhölzer weg, dann blieben sie aus Protest mit nicht angezündeten Zigaretten im Mund sitzen und blätterten besonders geräuschvoll in der Zeitung. Zwischendurch begleitete ich den einen oder anderen Herrn mit Prostataproblemen auf die Toilette und wartete so lange vor der Tür, bis er wieder herauskam. Auf diese Weise verbrachte ich die folgenden drei Stunden, bis die große alte Standuhr pünktlich um zwei Uhr so laut schlug, dass sie sogar einen Toten geweckt hätte.

Das war der Startschuss für das Mittagessen, das im »Restaurant« eingenommen wurde und zweifellos die chaotischste und aufreibendste Phase des Tages war. Anfangs staunte ich, wie viel diese alten, dünnen Körper, in denen es gerade Platz für die lebensnotwendigen Organe zu geben schien, an Nahrung unterbringen konnten. Die Tulpianer aßen für zwei, und das ist nicht bloß metaphorisch gemeint. Es passierte immer wieder, dass ein eleganter Herr, der sich gerade in der Zeitung über den zwanzigprozentigen Zuwachs an Diebstählen in Wien entsetzt hatte, seinem Nachbarn die Suppe stahl, um sie demonstrativ vor dessen Augen auszulöffeln. Am kritischsten war das Dessert, weil die Tulpianer eine besondere Schwäche für Süßigkeiten hatten. Verschwand ein Dessert, musste ich den Diebstahl blitzschnell mit einem neuen Dessert ersetzen. Besonders an Tagen, an denen es Crème brulée gab, häuften sich die Diebstähle, und gelegentlich musste ich sogar dafür sorgen, dass es nicht zu Handgreiflichkeiten kam. Dann lief ich wie ein Feuerwehrmann von einem Brand zum anderen, um ihn zu löschen.

Wenn alle gesättigt waren, stellte ich mich wie ein Fremdenführer in die Mitte des Raumes und rief:

»Meine Herrschaften, jetzt wollen wir mal sehen, was die Natur seit gestern gemacht hat. Alle folgen mir im Gänsemarsch.«

Die Tulpianer stellten sich in einer Reihe auf und folgten mir. Sobald sie im Freien waren, suchten sie sich ihre Lieblingsbank und nahmen darauf Platz. Nachdem sie es sich dort gemütlich gemacht hatten, fielen einige von ihnen in sofortigen Schlaf. Er überkam sie wie der Blitz aus heiterem Himmel. Manchmal mitten im Satz oder während sich der Ruhende noch seine Brille putzte. Die wach gebliebenen Tulpianer widmeten sich einer Aufgabe, auf die sie schon den ganzen Tag gewartet zu haben schienen. Sie gingen zu einem Baum oder Strauch, den sie schon vor langer Zeit zu ihrem Liebling erklärt hatten. Sie begossen ihn dann zärtlich mit mitgebrachtem Wasser und betrachteten ihn lange und ausgiebig. Sie taten das mit einer Konzentration, die tief aus ihrem Inneren kam und die man heute kaum noch an jemandem sah.

Ich ging unterdessen so leise wie möglich im Park herum und versuchte, unsichtbar zu sein. Gegen fünf, wenn mein Dienst zu Ende ging, gab ich den Tulpianern das Zeichen zum Aufbruch. Ich musste niemanden aufwecken, denn sie schienen alle einen eingebauten Wecker zu haben, der sie pünktlich weckte. Ich war lediglich gezwungen, mit sanftem Nachdruck einige von ihren Lieblingen zu trennen, indem ich versprach, am nächsten Tag früher zu kommen. Dann stellten sich alle wieder in Reih und Glied auf und folgten mir ins Haus. Die gebrechlichen Fälle begleitete ich auf ihre Zimmer und wünschte ihnen das, was in der »Weißen Tulpe« Mangelware war: eine gute und ruhige Nacht.

Danach ging ich in die Garderobe, zog mich um und war wenig später schon auf der Straße. Bevor ich aufs Rad stieg, warf ich oft einen letzten Blick auf die »Weiße Tulpe« und dachte, dass alles doch nicht so heiß gegessen wird, wie es gekocht wird. Und wenn ich besonders guter Laune war, sagte ich laut: »Du hättest es schlimmer erwischen können.«

14

Interessanterweise war mein Kontakt zu den Krankenschwestern von Anfang an viel dürftiger, als ich es erwartet hätte. Ich dachte, dass wir schnell einen Draht zueinander finden würden. Nicht zuletzt, weil einige von ihnen aus Polen und anderen slawischen Ländern kamen. Aber nachdem sie mich in alles Nötige eingeweiht hatten, wurde ich mehr oder minder mir selbst überlassen. Unsere seltenen Gespräche gingen nie über die Arbeit hinaus, und der Höhepunkt der Geselligkeit bestand darin, am Feierabend bei ihnen vorbeizukommen, um mich für den Tag abzumelden. »Morgen selbe Zeit, selber Ort«, sagte ich dann, worauf sie freundlich nickten und sich wieder ihren Gesprächen zuwandten.

Umso verblüffter war ich, als mir zwei Wochen nach meinem Dienstantritt eine der Schwestern einen unangekündigten Besuch in meinem Ruheraum abstattete. Es war Schwester Sylwia, jene Krankenschwester, die mich am offensichtlichsten von allen mied. Sie war um die dreißig und kam genau wie ich aus Polen. Anfangs dachte ich, dass uns gerade das zusammenschweißen würde, aber genau das Gegenteil war eingetreten.

Ich saß gerade in meinem Ohrensessel und drehte den Gipfel zwischen den Fingern, als sie aus heiterem

Himmel bei mir auftauchte. Sie kam einfach herein, ohne anzuklopfen, und stellte sich vor mich hin.

»Haben Sie eine Minute Zeit?«, fragte sie und ignorierte meinen Gipfel.

»Natürlich, meine Pause hat gerade angefangen«, sagte ich.

»Ich möchte Ihnen gerne etwas zeigen.«

»Und was wäre das?«

»Das sehen Sie gleich. Folgen Sie mir bitte.«

Ohne abzuwarten, drehte sie sich um und schlug den Weg zum Treppenhaus ein. Ich fluchte leise und kämpfte mich aus meinem Ohrensessel heraus. Das Ding hielt einen wie ein Oktopus umklammert. Man musste mit ihm kämpfen, damit er einen losließ. Als ich mich endlich losgerissen hatte, war Schwester Sylwia bereits an der Treppe. Es war die erste Gelegenheit, mit ihr über etwas anderes zu plaudern als über Windeln und künstliche Gebisse, und ich wollte diese Gelegenheit nicht verstreichen lassen.

»Wie lange arbeiten Sie schon hier?«, fragte ich sie, während ich hinter ihr herlief.

»Sechs Jahre«, antwortete sie, ohne stehen zu bleiben.

»Waren Sie schon in Polen Krankenschwester?«

»Sie sind wirklich neugierig für jemanden, der schon so lange in Wien lebt.«

Ich verstand nicht, was sie damit meinte. Verloren ihrer Meinung nach die Leute in Wien etwa ab einem gewissen Zeitpunkt die Neugier, oder wollte sie mich einfach nur zurechtweisen?

»Ich bin überhaupt nicht neugierig«, widersprach

ich. »Aber ich habe nicht gerade oft Gelegenheit, mich mit Krankenschwestern zu unterhalten. Sie und Ihre Kolleginnen scheinen mich aus irgendeinem Grund zu meiden.«

Sie überhörte das und sagte:

»Ich war nicht immer Krankenschwester. Ich arbeitete in Polen in einem Tierheim. Als ich nach Wien kam, besuchte ich eine Schule und wechselte sozusagen zu den Zweibeinern.« Sie warf mir einen Blick zu, als würde sie mich zum ersten Mal richtig ansehen. »Und Sie? Woher kommen Sie?«

»Theoretisch aus Warschau. Praktisch aus einem Ort, den es nicht mehr gibt. Eigentlich ist es ein Wunder, dass es mich selbst noch gibt.«

»Diesen Ort kenne ich ganz gut. Ich kenne eine Menge Leute, die von dort kommen.«

»Tatsächlich? Und warum?«

»Ich erkläre es Ihnen bei Gelegenheit. Übrigens, wir sind da.«

Wir betraten den Südflügel. Das war der einzige Teil der »Weißen Tulpe«, wo ich so gut wie nie hinkam. Dort lagen die Luxusappartements der Tulpianer, zu denen nur die Schwestern Zutritt hatten. Es hieß, dass einige von den Bewohnern seit Monaten ihre Wohnung nicht verlassen hatten.

Schwester Sylwia bog nach rechts ab, bis wir vor einer Tür stehen blieben, die sehr solide aussah. Schwester Sylwia sagte zu mir:

»Was immer Sie jetzt auch sehen, behalten Sie es für sich. Und es ist schon gar nicht nötig, dass Sie es Dr. Ring weitererzählen, verstanden?«

»Natürlich.«

»Dann seien Sie jetzt ganz leise, und stoßen Sie bitte nichts um. Es gibt da drinnen sehr kostbare Gegenstände.« Sie holte ihren Dienstschlüssel heraus und sperrte leise die Tür auf.

Die Zimmer waren sehr elegant eingerichtet. An den Wänden hingen teure Bilder, und überall standen Möbel, die ein Vermögen wert sein mussten.

Wir betraten einen abgedunkelten Raum, und Schwester Sylwia machte ein kleine Lampe an. Ich erblickte eine schlafende Greisin, die ich noch nie gesehen hatte. Sie gehörte offenbar zu jenen Tulpianern, die nie ihr Quartier verließen und dort auch gepflegt wurden. Die alte Frau war merkwürdig angezogen. Sie trug ein weißes Ballkleid aus alten Spitzen, in dem sie fast verschwand. Ihre Frisur war hochtoupiert, und um ihren Hals lag eleganter Schmuck. Sie sah aus wie ein hundertjähriges Dornröschen, das gleich aufstehen und zu einem Ball eilen würde.

»Darf ich vorstellen«, sagte Schwester Sylwia feierlich. »Das ist unsere Prinzessin Dobeneck. Die älteste Insassin in der ›Weißen Tulpe‹.«

Mir verschlug es regelrecht die Sprache. Die Schwestern schienen sich hier einiges zu erlauben. Die Greisin sah aus wie ihre eigene Parodie.

Schwester Sylwia schien meine Gedanken zu lesen und schüttelte den Kopf: »Nur keine voreiligen Schlüsse bitte. Einmal in der Woche besteht Frau Dobeneck darauf, wie fünfundzwanzig auszusehen. Wir Krankenschwestern ziehen sie dann so an wie damals. Wir legen ihr den Schmuck an, machen ihr die Haare und lackieren ihr sogar die Fingernägel.« Sie zeigte nach oben. »Wir kümmern uns um jedes Detail.«

Einen Meter über Frau Dobeneck hing ein Spiegel, in dem sie sich betrachten konnte.

»Und? Sind Sie beeindruckt?«, fragte Schwester Sylwia.

»Beeindruckt ist das absolut richtige Wort«, sagte ich.

»Das freut mich. Denn wären Sie es nicht, würde unsere Lektion hier enden. Aber so kann ich Ihnen verraten, warum ich Ihnen unsere Prinzessin zeige. Die ›Weiße Tulpe‹ ist nicht nur ein Altersheim. Es ist ein Ort voller Tresore.«

»Tresore?«

»Ganz recht. Wir Schwestern haben ausgerechnet, dass in den sechsundvierzig Tulpianern umgerechnet 3887 Lebensjahre stecken. Das heißt, in jedem steckt ein Museum, dem nicht mal der Louvre das Wasser reichen kann. Nehmen wir Frau Dobeneck. Sehen Sie, was sie in der rechten Hand hält?«

Ich betrachtete Frau Dobenecks rechte Hand. Sie hielt tatsächlich etwas umklammert. Es sah aus wie eine goldene Münze. Schwester Sylwia nahm diese Münze ganz vorsichtig der schlafenden Greisin aus der Hand und reichte sie mir:

»Was ist das?« Ich nahm die Münze in die Hand.

»Das ist ein Jubiläumsdukaten, den sie persönlich von Kaiser Franz Joseph bekommen hat. Als siebenjähriges Mädchen hat sie am Ring eine Parade mit angesehen. Der Kaiser nahm sie kurz in den Arm, und sie zog ihn so fest an den beiden Koteletten, dass dem Kaiser vor allen Anwesenden eine Träne über die Wange rollte. Wenig später bekamen ihre Eltern diesen Dukaten zur Erinnerung an die Tränen des Kaisers.«

Ich hielt die Münze gegen das Licht und entdeckte darauf tatsächlich das Bildnis des Kaisers mit einer speziellen Gravur für Frau Dobeneck. Das Datum lag fünfundneunzig Jahre zurück. Ich sah verblüfft auf die schlafende Frau, die gerade etwas im Schlaf murmelte.

»So wie sie ist hier jeder«, fuhr Schwester Sylwia fort. »Ich sehe die Tulpianer deshalb lieber als Tresore, in denen Juwelen wie der hier verwahrt sind. Und seitdem macht es mir überhaupt nichts mehr aus, dass sie Windeln tragen und aus einem Schnabelbecher trinken.«

»Ich werde etwas Zeit brauchen, um das auch so zu sehen«, sagte ich.

»Sie müssen eigentlich nur aufhören, an sich selbst zu denken. Der Tod, der in einem Tulpianer arbeitet, hat nichts mit Ihnen zu tun. Das müssen Sie sich vor Augen halten. Sie und er, das sind zwei Gefäße, die sich nicht berühren.«

Schwester Sylwia beugte sich über die alte Frau und strich ihr zärtlich über das Haar.

»Sie sind sehr zerbrechlich«, flüsterte sie. »Ein Windstoß reicht, und sie sind weg. Und jetzt seien Sie so freundlich und legen den Dukaten wieder in ihre Hand zurück.«

»Ich?«

»Sehen Sie hier noch jemanden?«

Ich überwand mich und beugte mich über die alte Frau. Dann legte ich den Jubiläumsdukaten vorsichtig in ihre Hand. Sie fühlte sich wie Pergament an und war kalt. Wir blieben eine Weile schweigend so und betrachteten die schlafende Greisin.

»Und jetzt sehen wir zu, dass wir Frau Dobeneck in Ruhe lassen. Wir wollen sie nicht aufwecken.«

Wir warfen noch einen letzten Blick auf die schlafende Greisin. Dann verließen wir die Wohnung von Frau Dobeneck. Den Weg legten wir schweigend zurück, erst als wir wieder bei meinem Ruheraum waren, sagte ich zu Schwester Sylwia:

»Ich danke Ihnen für diese Lektion. Mein Großvater sagte mal, man bringt nur einem Schüler etwas bei, von dem man hofft, dass er es auch lernen will.«

»Wenn der Enkel so klug ist wie sein Großvater, dann bin ich optimistisch.«

»Ich bin auch dankbar, dass Sie mir Ihre Prinzessin gezeigt haben. Das war nicht selbstverständlich.«

»Ich bin froh, dass Sie das erkennen. Und jetzt verraten Sie mir auch eines.« Sie zeigte auf meine linke Kitteltasche. »Was ist das eigentlich für ein Stein, den Sie da mit sich tragen und manchmal ins Licht halten?«

Sie meinte meinen Gipfel.

»Das ist so etwas wie der Jubiläumsdukaten bei Frau Dobeneck. Nur habe ich ihn nicht vom Kaiser bekommen, sondern von jemandem, der sich ganz gut mit den Bergen auskennt. Ist so eine Art Glücksbringer.«

»Ein Glücksbringer? Sind Sie nicht ein wenig zu modern dafür?«

»Dafür ist man nie zu modern. Fragen Sie Frau Dobeneck.«

»Werden Sie bloß nicht frech. Und denken Sie daran: Die Vergangenheit ist kein Fluch, sondern ein Tresor, der voller Juwelen ist. Und jetzt muss ich zurück an die Arbeit. Falls Sie in Zukunft Fragen haben, wissen Sie, wo Sie mich finden.«

»Allerdings. So groß ist das Zauberschloss auch wieder nicht.«

Sie verließ den Raum, und ich war wieder allein. Ihr letzter Satz, »die Vergangenheit ist ein Tresor, der voller Juwelen ist«, ging mir nicht aus dem Kopf. Ich hatte gerade den Beweis dafür gesehen. Er lag zwei Stockwerke über mir in einem Bett und träumte davon, wie er als kleines Mädchen den mächtigsten Mann der Welt an den Koteletten gezogen hatte, bis ihm die Tränen gekommen waren.

15

Werter Ingenieur Wasserbrand!

Da stecke ich schon seit ein paar Wochen in meiner Zivildienstuniform und melde mich erst jetzt. Schande über ihn, werden Sie sagen. Und recht haben Sie. Aber so ist das mit Uniformen. Dem einen rauben sie den Verstand, dem anderen das Zeitgefühl. Aber zuerst das Wichtigste: Der Zivildienst ist nicht die Katastrophe, die ich befürchtet hatte. Ich lebe und atme noch, und es ist gar nicht mal so schlecht. Natürlich waren die ersten Tage und Wochen gewöhnungsbedürftig, aber was ist nicht gewöhnungsbedürftig! Das Altersheim »Weiße Tulpe« ist keine Luxusjacht, aber ich hätte es schlimmer erwischen können. Meine Aufgaben hier sind klar umrissen. Ich laufe hier täglich von einer Wohnung zur anderen und mache einfach das, was Krankenpfleger machen. Ich sehe zu, dass niemand hier sein Gebiss vergisst oder seinen Schnabelbecher verliert. Gelegentlich greife ich sogar als eine Art Kampfschiedsrichter ein. Die Senioren hier sind zwar ziemlich alt, aber sie haben immer noch Kraft genug, einander eins überzuziehen. Sie essen für zwei und frieren sogar bei dreißig Grad, was sie übrigens zu idealen Wasserbrandkunden machen würde. Mit mir arbeiten noch sieben Krankenschwestern, die allesamt aus dem Osten kommen. Der einzige Österreicher hier außer mir ist Dr. Ring. Er ist ein interessanter Mann mit einer Schwäche für Sliwowitz, den er in seinem Schreibtisch versteckt und zu dem er ein paar Mal am Tag greift. Ich denke oft an Ihren Ratschlag, nicht an der Schönheit vorbeizugehen, besonders dann, wenn die Schönheit wieder einmal an mir vorbeigegangen ist oder mir den Befehl erteilt hat, die Windeln zu sortieren. Aber Sie merken schon: Das Ganze stört mich nicht wirklich. Ganz im Gegenteil. Anscheinend bin ich viel beeinflussbarer, als ich dachte. Aber die letzten drei Wochen haben mich gelehrt, meinem Dienst viel Interessantes abzugewinnen. Es gibt hier ein paar bemerkenswerte Dinge, über die ich Ihnen jetzt genauer berichten muss. Da wäre als Erstes die Langsamkeit, die hier herrscht. Anfangs ging sie mir auf die Nerven, aber wenn ich inzwischen das Haus betrete, spüre ich, wie meine Beine langsamer werden und meine Arme nicht mehr so zucken wie kurz zuvor noch in der Straßenbahn. Mein ganzes Tempo verdampft in den Gängen, und schon nach ein paar Schritten, ja, lachen Sie ruhig, verwandle ich mich in eine Schnecke in weißer Uniform, die sich zufrieden durch den Gang wälzt. Ich gehe dann mit im Schneckentempo durch die Gänge, schaue mit meinen Schneckenaugen aus dem Fenster und frage mich, warum ich das nicht schon früher gemacht habe. Ich bin dadurch ausgeglichener, schlafe besser, und wenn ich jetzt in der Stadt alte Menschen sehe, wechsle ich nicht die Straßenseite, sondern schaue, ob mit ihnen alles in Ordnung ist.

Aber wie tief einen dieses Haus wirklich beeinflussen kann, entdeckte ich erst letzten Dienstag. Da fuhr ich ins Zentrum, um mir ein neues Hemd zu kaufen. Ich habe es Ihnen nie gesagt, aber ich habe einen erstaunlichen Verschleiß an Hemden, der mich schon seit der Jugend verfolgt. Gerade eben hatte ich ein Hemd von meiner Mutter zur Staatsbürgerschaftsverleihung bekommen, und schon ist es nur noch ein Schatten seiner selbst. Also begab ich mich mit meinem Fahrrad auf die Mariahilfer Straße, wo ich seit jeher meine Garderobe beziehe. Dort ist ein Geschäft gleich neben dem nächsten, sodass man nicht lange suchen muss. Außerdem nehme ich hin und wieder gerne ein Bad in der Menge, denn nirgendwo schaltet das Gehirn gründlicher ab als unter vielen Menschen, die nur das Einkaufen im Kopf haben.

Ich stellte mein Rad ab und kettete es an, wegen der vielen Fahrraddiebe aus dem Burgenland. Im Schaufenster vor meiner Nase war ein Unterwäschemodell, auf das ich natürlich einen Blick riskierte. Es war eine junge Frau in einem Bikini, die einem immer in die Augen sieht, egal, aus welchem Winkel man sie anschaut, und die ich, wie man so sagt, nicht von der Bettkante stoßen würde. Aber dieses Mal erblickte ich statt einer Schönheit ein unterernährtes und gestresstes Mädchen, das erschrocken ins Objektiv blickte. Mädchen, iss etwas, und treib ein bisschen mehr Sport. Sonst kriegst du keinen anständigen Mann ab, dachte ich, und das war erst der Anfang. Als ich die H&M-Filiale betrat, stellte ich fest, dass die Musik viel zu laut war. Das grelle, pulsierende Licht machte mich halb blind. Alles hatte plötzlich einen gelben Stich. Ich ging an ein paar Teenagern vorbei, die einen Korb mit Unterwäsche durchwühlten und in diesem Licht wie Außerirdische aus einer Science-Fiction-Serie der Sechziger aussahen.

»Bringt euch in Sicherheit, Leute. Oder wollt ihr beim Aussuchen der Unterwäsche erblinden?«, murmelte ich im Vorbeigehen, worauf mich die Teenager feindselig ansahen. Einer von ihnen machte sogar in meine Richtung diese komische Geste, bei der man so tut, als wäre die Hand im Gelenk gebrochen und bewegte sich wie ein Hals hin und her. Kümmere dich um deinen eigenen Kram, du Freak, sollte mir das sagen. Ohne zu diskutieren, wer hier der Freak war, ging ich so schnell wie möglich in die Männerabteilung, durchsuchte zügig das Regal mit den Hemden und nahm eins heraus, das ein möglichst ruhiges Muster hatte. Das war gar nicht so einfach, weil sich die Muster im pulsierenden Licht regelrecht über den Stoff schlängelten.

Schließlich ging ich zur Kasse und reihte mich in die Schlange ein, die aus einer Gruppe von jungen Frauen bestand, die bei den Wollmützen zugelangt hatten und so glücklich dreinsahen, als hätten sie ein Wochenende mit George Clooney gewonnen. Da hörte ich mich auf einmal sagen: »Sammelt euch die Schätze für eure Vergangenheit mit Bedacht. Niemand verdient es, auf dem Totenbett in einer H&M-Mütze zu liegen.«

Ich habe noch nie Frauen so schnell zahlen sehen.

Erst als ich zu Hause war, fragte ich mich, was in mich gefahren war. Ich hatte mich die ganze Zeit wie ein Irrer benommen. Fakt ist, dass die Mariahilfer-

Straße-Menschen mir schon immer auf den Geist gegangen waren. Aber erst jetzt fand ich als »Fünf-Minuten-Tulpianer« endlich den Mut, das so zu sagen, was ich selber nie geschafft hätte. Sie sehen also: Ich habe mich erstaunlich gut eingefügt, und irgendetwas sagt mir, dass ich hier noch einiges erleben werde. Was immer es sein wird, Sie werden es als Erster erfahren. Denn ich werde Ihnen weiterhin ausführlich Bericht erstatten. Machen Sie es also gut inzwischen! Grüßen Sie Ihre Waage von mir und Ivica, der, unter uns gesagt, der beste Ableser von allen ist. In der Hoffnung, Ihnen nicht zu viel Zeit gestohlen zu haben,

Ihr ergebener Ableser Ludwik Wiewurka

PS: Danke noch mal für Ihren Kugelschreiber. Er ist ein Wunderding. Schreibt praktisch von selbst.

16

In einem war ich zu Wasserbrand nicht aufrichtig gewesen. Es gab noch eine weitere Veränderung, die die »Weiße Tulpe« an mir bewirkt hatte. Ich behielt sie aber aus einem simplen Grund für mich. Ich wollte sie allein auskosten. Die »Weiße Tulpe« hatte etwas mit jener Stelle in meinem Kopf gemacht, die für das Erinnern zuständig war. Ich wurde ständig von Erinnerungen heimgesucht. Das war umso merkwürdiger, weil ich früher an einer schlimmen Blockade gelitten hatte und regelrecht um jede Erinnerung hatte kämpfen müssen. Aber jetzt in den Mauern der »Weißen Tulpe« standen sie geradezu Schlange, und ich konnte sie mir aussuchen. Sie kamen mit allen Details an die Oberfläche und liefen ab wie ein Film.

Eine stach unter allen heraus, als würde sie sich aufdrängen, was fast schon unheimlich war. Sie kam aus der Zeit, als ich noch bei meinen Großeltern gelebt hatte, und spielte an einem sonnigen Tag im August. Während ich in meinem Ohrensessel saß, sah ich wieder meinen Großvater vor unserem Haus stehen und hörte alles, was er sagte. Ich konnte sogar den Duft riechen, der in der Luft lag.

Die Erinnerung begann immer damit, dass mein Großvater mich bat, ihn zu den Kunden zu begleiten. Er war Schuhmacher und brachte seinen Kunden persönlich die Schuhe vorbei. Dann brachen wir gemeinsam auf, mit uns kam Schaba, die Hündin meines Großvaters, von der er behauptete, sie könnte die Schuhe allein ausliefern, wenn sie nur etwas von Geld verstünde.

Wir schlugen dann immer den Weg in den südlichen Teil unseres Ortes ein, der dafür berühmt war, dass viele Sonderlinge dort wohnten. Kurz bevor wir vor dem Haus des ersten Kunden ankamen, legte mein Großvater mir die Hand auf die Schulter und sagte: »Die Leute behaupten, in diesem Haus wohne ein Selbstmörder. Du sagst kein Sterbenswörtchen darüber. Ansonsten weißt du, was mit deinem Mundwerk passiert.« Er machte eine Handbewegung, als würde er meinen Mund zukleben. Ich wusste, dass es ein Scherz war, nickte aber erschrocken, denn es gab im ganzen Ort keinen wirksameren Kleber als den meines Großvaters. Zugleich fragte ich mich, warum er mir das erzählte, wo er doch wusste, dass ich, seit meine Mutter weg war, allen Leuten Fragen stellte und überhaupt meinen Mund nicht halten konnte.

Die Tür des Selbstmörders sah viel sauberer aus als die anderer Leute, was für mich bedeutete, dass ein Selbstmörder etwas Gutes und Edles sein musste. Kaum war ich mit meiner Inspektion fertig, öffnete sich die Tür, und ein sympathischer Mann mittleren Alters in einem gebügelten Hemd begrüßte uns. Er lud uns ins Haus ein, und seine Laune schien mit jedem Moment unseres Besuchs zu steigen. Er bot uns etwas zu trinken an, mir wollte er ein Stück Schokolade schenken, und sogar Schaba hätte einen Knochen bekommen, wenn mein Großvater das alles nicht höflich abgelehnt hätte. Jedenfalls hatte ich noch nie so einen sympathischen Mann gesehen und bedauerte, dass nicht alle Bewohner des Ortes Selbstmörder waren. Sogar Schaba wedelte fröhlich mit dem Schwanz, als der Selbstmörder ihr den Kopf tätschelte und so tat, als wäre sie kein Hund, sondern ein Mensch.

Als mein Großvater dem Selbstmörder die Schuhe überreichte, probierte der sie gar nicht an, sondern gab meinem Großvater gleich das Geld. Er feilschte nicht um den Preis und stellte die Schuhe auf das Regal neben das Porzellan und eine Blumenvase, was zwar etwas merkwürdig, aber bei Selbstmördern offensichtlich normal war. Schließlich standen auch einige andere Gegenstände in seinem Haus nicht an den üblichen Plätzen wie bei anderen Leuten. Zum Beispiel befand sich der Fernseher nicht wie sonst im Wohnzimmer auf einem Ehrenplatz, sondern in einer Ecke und diente als Blumenuntersatz. Man sah auch keinen Kühlschrank, als hätte der Selbstmörder Angst vor Minusgraden. Mein Großvater steckte das Geld ein, bedankte sich und ging zur Tür. Als wir schon fast draußen waren, hielt ich es nicht mehr aus und fragte, was mir schon die ganze Zeit auf der Zunge gelegen hatte: »Stimmt es, dass Sie ein Selbstmörder sind?«

Der Selbstmörder neigte leicht den Kopf und sah dann zur Zimmerdecke, als wäre ein Vogel über ihn hinweggeflogen, und sagte:

»Ja, das stimmt. Und daran ist nicht zu rütteln. So wie zwei mal zwei vier ist.«

»Und tut es weh, ein Selbstmörder zu sein?«, fragte ich weiter.

»Überhaupt nicht, es ist sogar sehr angenehm. Nur darf man morgens nicht zu nah ans Fenster gehen und sollte möglichst wenig Zug fahren. Auch um Brücken und Apotheken sollte man einen großen Bogen machen. Verstehst du?« Dann lachte er ganz laut wie ein Schauspieler im Theater.

»Nein. Aber wenn ich groß bin, werde ich es sicher vestehen.«

»Ich entschuldige mich für diesen schrecklichen Jungen. Seit seine Mutter nicht mehr da ist, redet er den ganzen Tag nur Unsinn«, mischte sich da mein Großvater ein und legte mir die Hand auf die Schulter, wie ein Polizist einem Verbrecher die Hand auf die Schulter legt, um ihn ins Gefängnis abzuführen.

Der Selbstmörder hob aber die Hand zum Zeichen, dass er gar nichts gegen diese Fragerei hatte. Er beugte sich zu mir herunter, sodass sein Mund ganz nah an meinem Gesicht war. Sein Atem duftete nach medizinischem Alkohol und Ahornsirup.

»Deine Mutter lebt aber noch, oder?«, erkundigte er sich.

»Ja, sie lebt«, sagte ich. »Aber niemand weiß, wo.«

»Und das ist vielleicht gut so«, sagte der Selbstmörder, und ich wurde von diesem Atem so angenehm müde, dass mir die Augen von selbst zufielen.

»Es wartet noch jemand auf uns«, holte mich mein Großvater wieder in die Wirklichkeit zurück. »Wenn die Schuhe irgendwo drücken, sagen Sie es mir. Und vergessen Sie nicht, sie einmal im Monat zu bürsten.«

Er zog mich nach draußen, und der Selbstmörder sah uns lange nach. Erst als sich die Tür schloss und wir weit genug weg waren, damit der Selbstmörder uns nicht hören konnte, wandte sich der Großvater an mich.

»So ist es also, wenn man lebensmüde ist. Dann ist ein Zug kein Zug und eine Apotheke keine Apotheke. Merk dir das für dein Leben.«

Der nächste Kunde wohnte in einem kleinen Häuschen mit weißen Gardinen. Bevor wir an die Tür klopften, hielt mich mein Großvater wieder an der Schulter fest und warnte mich: »Hier wohnt eine Frau, die nichts isst. Die Leute sagen, sie lebt von der Luft in ihrem Haus.«

Ich verstand, dass mein Großvater das absichtlich machte. Er wollte, dass ich das herausfand, was kein Erwachsener in Erfahrung bringen konnte. Ich nickte und sah hinüber in die Fenster des Hauses. Es war unheimlich, ganz weiß mit einem schwarzen Dach. Ich stellte mir die Frau als eine alte Hexe vor, die mit einem großen Küchenmesser durchs Haus lief, die Luft in Stücke schnitt und sie dann wie Koteletts in der Pfanne briet. Sogar Schaba hörte auf, mit dem Schwanz zu wedeln. Sie versteckte sich hinter mir und meinem Großvater, und so gingen wir zu dritt zur Tür, an die mein Großvater diesmal nur leise klopfte. Die Tür schien so dünn wie eine Oblate zu sein, und Großvaters Klopfen verwandelte sich in ein gewaltiges Hämmern.

Als sich die Tür öffnete, erschien darin keine Hexe, sondern eine junge Frau, die hübsch, aber sehr dünn war. Ihre Wangen waren eingefallen, und sie hatte große, erschrockene Augen, wie Leute sie offenbar haben, wenn sie sich von Luft ernährten. »Bitte treten Sie ein. Ich habe schon auf Sie gewartet.« Sie bemühte sich, so laut zu sprechen, wie sie konnte, und trotzdem hörte es sich wie Flüstern an.

Das Haus war wie die Frau. Alles war weiß, sogar die Kohle, mit der sie den Kamin heizte, hatte einen weißen Stich. Am Tisch stand nur ein Stuhl. Auf dem Tisch lag nur ein Teller, und daneben waren nur eine Gabel und ein Glas. Die ganze Wohnung war voller Einzelstücke, denn die Frau empfing wohl keine Gäste.

Mein Großvater packte vorsichtig die Schuhe aus und legte sie auf den Tisch neben den leeren Teller. »Hier sind Ihre Pantoffeln«, sagte er und staunte, weil ihm erst jetzt auffiel, wie gut sich die Pantoffeln aus weißem Leder in das ganze Haus fügten.

Die Frau nahm einen in die Hand, setzte sich auf den Stuhl und probierte ihn an. Sie seufzte, als sie den einen Pantoffel anzog, und sie seufzte ein zweites Mal, als sie ihn wieder auszog. Wenn man ihr so zusah, wurde man den Eindruck nicht los, dass sie die Schuhe nicht nur zum Tragen brauchte, sondern um etwas zu haben, das sie am Boden festhielt, und sie nicht anfing, in der Luft zu schweben. Als sie mit dem Anprobieren fertig war, stieß sie einen letzten Seufzer aus und lächelte zum Zeichen, dass die Schuhe passten. Dann holte sie etwas Geld aus einer Schatulle neben dem Fernseher und bezahlte meinen Großvater damit.

Er bedankte sich und sagte zum Abschied: »Tragen

Sie die Schuhe zuerst nur kurz. Und dann immer länger.«

»Danke. Aber ich werde sie gleich anziehen und immer tragen«, sagte die Frau, ohne zu erklären, was sie damit meinte. Dann sah sie mich an, und ich las in ihren Augen die Aufforderung, ihr endlich die Frage zu stellen, die mir auf der Zunge lag:

»Warum essen Sie nur Luft? Schmeckt Ihnen nichts anderes?«, fragte ich.

Die Frau wurde rot wie ein kleines Mädchen und sah zur Decke, als stünde dort die Antwort auf meine Frage. Dann legte sie mir wie mein Großvater die Hand auf die Schulter: »Ich esse so wenig, weil ich keinen Appetit habe.«

Ihre Hand war sehr angenehm und wog erstaunlich viel für jemanden, der aus Luft bestand.

»Und warum haben Sie keinen Appetit?«, fragte ich schnell weiter, damit sie nur ihre Hand nicht wegnahm.

»Weil ich einmal einen Bäckerlehrling kannte, der nicht gut zu mir war«, antwortete sie. »Er hat mir eines Tages etwas sehr Wichtiges versprochen und es nicht gehalten. Als Entschuldigung schickte er mir einen selbst gebackenen Zwetschkenkuchen. Es war der beste Kuchen, den ich je gegessen habe. Seitdem bekomme ich nichts mehr herunter.«

»Dann machen Sie einen Fehler«, sagte ich bestimmt, »meine Mutter ist auch weg, und ich esse trotzdem alles. Am liebsten Rosinenschokolade.«

»Sie müssen diese schreckliche Plaudertasche entschuldigen«, mischte sich mein Großvater wieder ein und sagte: »Geben Sie mir Bescheid, wenn etwas mit den Schuhen nicht stimmt. Ich bin dann in zehn Minuten da.«

Als wir um die Ecke waren, tätschelte mir mein Großvater die Schulter: »Da siehst du, was die Liebe anrichtet. Da zeigt es sich gleich wieder: Glücklich sind nur die, die der Liebe aus dem Weg gehen und nicht dem nachtrauern, was nicht mehr da ist.«

Auf dem Heimweg machten wir wie immer einen Abstecher an den Fluss, wo der neue Bahnhof stand. Er war zwei Jahre zuvor gebaut worden und war seitdem meinem Großvater ein Dorn im Auge. Mein Großvater konnte ihn noch weniger ausstehen als die Schuhfabrik aus der Nachbarschaft, wo Tausende Männer am Fließband von früh bis spät die immer gleiche Handbewegung vollführten und dadurch ins Irrenhaus kamen, weil sie diese Bewegung zu Hause beim Essen, auf dem Klo und sogar im Schlaf weiter machten. Daher ließ er keine Gelegenheit aus, dem Bahnhof zu zeigen, was er von ihm hielt. Sobald wir davorstanden, rief er wieder: »Du bist schlimmer als die Pest. Deinetwegen verschwinden täglich ein paar Menschen, und man sieht sie nie wieder. Du arbeitest für unsere zwei größten Feinde: die Hauptstadt und die Zukunft.«

Dann wandte er sich an mich: »Versprich mir, nie der Zukunft den Rücken zuzuwenden. Sie ist hinterhältiger als alles, was ich kenne. Wiederhol das!«

»Ich werde nie der Zukunft den Rücken zuwenden«, sagte ich.

»Und jetzt machen wir mit der Zukunft das, was sie mit uns macht«, rief mein Großvater und warf einen

Stein auf den Bahnhof, und ich tat es ihm nach. Schaba, die keine Steine werfen konnte, bellte wie verrückt und hätte die Fabrik am liebsten gebissen. Plötzlich sagte mein Großvater: »Deine Großmutter hat heute Abend Palatschinken gemacht. Ich würde gerne ein paar essen. Und du?«

»Ich will hundert essen. Ich habe nämlich schrecklichen Hunger«, antwortete ich, und schon beugte sich meine Großmutter über mich und legte mir eine Palatschinke auf den Teller. »Iss langsam. Du hast alle Zeit der Welt«, sagte sie, und dann machte die Erinnerung einen Sprung.

Ein Jahr später betraten meine Großeltern zum ersten Mal im Leben den Bahnhof. Meine Mutter hatte mich nach Wien eingeladen und eine Fahrkarte geschickt, damit ich sie für eine Woche besuchen kam. Meine Großeltern gingen über den Bahnsteig wie über einen Friedhof, bis wir zu meinem Abteil kamen.

»Deine Mutter hat versprochen, dass du bald zurück bist«, tröstete mich meine Großmutter und gab mir einen kleinen Topf mit Palatschinken, die sie für mich gemacht hatte: »Ehe du sie gegessen hast, bist du schon wieder da, und ich mache dir neue.«

Mein Großvater gab mir eine Rückfahrkarte, die er mit seinem Geld am Schalter für mich gekauft hatte.

»Und dann liefern wir wieder Schuhe aus«, ergänzte er. »Es gibt neue Kunden, und einer ist sonderbarer als der andere.«

Ich umarmte meine Großeltern und tätschelte Schaba den Kopf, die auch gekommen war, um mich zu verabschieden. Dann fuhr der Zug an, und meine

Großeltern, die den Bahnhof und die Zukunft so hassten, wurden immer kleiner, bis sie zu zwei Punkten schmolzen. Und obwohl sie so klein waren, dass man sie nur noch mit der Lupe sehen konnte, hoben sie trotzdem noch die Hand und winkten mir zu. Ich wäre am liebsten aus dem Zug gesprungen, um heute Abend mit ihnen Palatschinken zu essen und einen amerikanischen Krimi im Fernsehen anzuschauen. Aber der Zug wurde immer schneller und schneller, und ich bekam Angst, dass ich durch einen Sprung mir das Genick brechen und wie ein Selbstmörder enden könnte.

Ich kam weder nach einer Woche zurück noch später. Ich sah meine Großeltern erst zehn Jahre danach wieder.

17

»Muss ich mir wirklich Sorgen um meinen einzigen Sohn machen?«, fragte meine Mutter und legte mir eine neue Palatschinke auf den Teller. »Wird der etwa auf seine alten Tage noch nekrophil?«

»Hauptsache, ich habe meinen Appetit nicht verloren«, antwortete ich und begann, die Palatschinke zu essen.

Seit ich in der »Weißen Tulpe« war, passierte zwischen mir und meiner Mutter etwas Seltsames. Ich fing an, die »Weiße Tulpe« übertrieben zu loben und zu zeigen, wie gut sie mir tat. Und sie versuchte zwanghaft, das als eine Marotte abzutun, der man keinen Platz lassen durfte. Sogar ihre Palatschinken wurden besser, als wollte sie mich meinem Dienstende möglichst schnell entgegenkochen.

»Neulich habe ich überlegt, was ich machen würde, wenn ich in ein Altersheim müsste«, startete sie einen weiteren Versuch, mir die »Weiße Tulpe« abspenstig zu machen: »Ich werde mir etwas in den Tee mischen. Und wenn ich keine Kraft mehr habe, ihn zu trinken, wirst du ihn mir einflößen. Machst du das für mich?«

»Selbstverständlich. Wenn Mama will, helfe ich mit einem Dolch aus dem 18. Jahrhundert nach. Damit das Ganze auch stilvoll über die Bühne geht.«

Sie produzierte ein Lächeln in der Art von »eines Tages wird es so weit sein, und dann wirst du schon sehen« und wechselte anschließend überraschenderweise das Thema.

»Wie sind eigentlich die Krankenschwestern dort? Du redest nur über diese unappetitlichen Greise. Aber die Krankenschwestern erwähnst du nie.«

»Da gibt es nicht viel zu sagen. Sie sind alle aus dem Osten und machen ihre Sache gut. Wir kommen gut miteinander aus. Warum?«

Einen Moment lang dachte ich, dass sie sich aufrichtig für die »Weiße Tulpe« zu interessieren begann. Aber es war nur ein Moment.

»Weil ich es gerne noch erleben will, wie du mal eine nette Frau kennenlernst. Eine, die länger hält als ein paar Wochen. Es kann ruhig auch eine Krankenschwester sein.«

Meine Mutter kannte hundert Pfade, auf denen sie sich an dieses Thema heranpirschen konnte. Der Pfad Sterbehilfe war allerdings neu. Sie richtete die Gabel auf meine Brust und sagte:

»Auf die Gefahr hin, mich zu wiederholen, Ludwik, aber weißt du eigentlich, wie alt du inzwischen bist?«

»Vierunddreißig.«

»Richtig. Die Zeit mag mit Frauen grausamer umgehen als mit Männern. Und wir mögen vielleicht äußerlich schneller altern, dafür altern Männer schneller im Kopf. Nehmen wir nur deinen Vater. Er legte sich schon als junger Mann mit einer Sonnenbrille schlafen. Es war ihm zu hell, selbst wenn er die Augen schloss. Inzwischen schmort er bestimmt längst in seiner eigenen Marottenhölle.«

»Aber ich bin erst vierunddreißig, wie Mama richtig vorhin gemerkt hat.«

»Und das macht mir die größten Sorgen. Du hast nämlich jetzt schon Marotten. Wie du zum Beispiel die Marmelade streichst. Als würdest du eine Schönheitscreme auf die Palatschinke auftragen. Wie ein Laborant bist du. Von deiner Vorliebe für dieses Altersheim will ich gar nicht erst reden. Warum wirst du nicht Archäologe, wenn du so alte Sachen magst?«

Es war Zeit, meiner Mutter den Wind aus den Segeln zu nehmen, sonst würde sie sich noch stundenlang ausbreiten.

Ich holte mir eine neue Palatschinke und bestrich sie genauso mit der Marmelade, wie sie es beschrieben hatte, und machte kurzen Prozess.

»Von mir aus, Mama. Wer ist sie?«

»Wer ist wer?«

»Das Mädchen, mit dem Mama mich verkuppeln will.«

»Ich will dich mit niemandem verkuppeln. Ich will nur, dass du mal wieder unter die Leute gehst. Dieses ständige Altersheimding ist doch nicht gut für einen Mann in deinem Alter.«

»Wie heißt sie?«

»Mariola.«

»Eine Polin?«

»Richtig, und nicht irgendeine! Es ist die Cousine meiner Freundin Kristina. Sie ist für ein paar Tage nach Wien gekommen und langweilt sich hier schrecklich.

Sie bräuchte jemanden, der ihr die Stadt ein wenig von einer anderen Seite zeigt. Jemanden, der in ihrem Alter ist.«

»Und wie alt ist sie?«

»Siebenundzwanzig.«

»Siebenundzwanzig. Also noch jünger als die Letzte.«

»Gerade mal sieben Jahre. Das ist doch gar nichts.«

»In unserer Zeit ist das eine Ewigkeit. Diese Zwanzigjährigen haben ein völlig neues Hirn. Wahrscheinlich muss man sie alle fünf Minuten anrufen, wenn man neben ihr geht, damit sie nicht vergisst, mit wem sie gerade unterwegs ist. Hat Mama nicht jemanden, der älter ist?«

»Hörst du dich eigentlich da selber reden, du Marottenkasper?«, regte sie sich auf. »Da will ich dich mit einem Mädchen bekannt machen, das nett ist und nur ein bisschen Spaß haben möchte, und du tust so, als wäre es Godzilla.«

»Mit Godzilla würde ich sofort ausgehen.«

Sie öffnete den Schrank und suchte nach dem Zucker. Das tat sie immer, wenn ihr die Argumente ausgingen.

»Ich will, dass du ein wenig mit ihr ausgehst. Nur für ein paar Stunden. Mariola geht schon langsam die Wände hoch vor Langeweile.«

Ich gab mich geschlagen. Wenn meine Mutter etwas vorschlug, dann war die Sache längst beschlossen. Bestimmt hatte sie schon vor Tagen mit Kristina und dieser Mariola telefoniert und das Treffen bis ins Kleinste durchgeplant.

Aber irgendwie hatte meine Mutter auch nicht ganz

unrecht. Ein wenig Ablenkung würde mir nicht schaden. Ich war in den vergangenen zwei Monaten praktisch kein einziges Mal in der Stadt gewesen. Vielleicht fing ich wirklich an, wunderlich zu werden.

»Ich mache es«, sagte ich. »Aber nur ein Mal, und Mama verspricht mir, die nächsten drei Monate keine neuen Kandidatinnen aus dem Hut zu zaubern.«

Sie lächelte und machte ganz schmale Augen.

»Vielleicht muss ich das ja gar nicht mehr.«

Ich überhörte diese Anspielung.

»Gibt es etwas, worauf ich bei dieser Mariola achten muss? Die Letzte hat sich übergeben, als wir oben auf dem Stephansdom ankamen.«

»Überhaupt nicht. Sie ist ein intelligentes und sehr kultiviertes Mädchen. Sie spielt sogar Klavier, hat viel zu sagen und ist obendrein alles andere als hässlich. Im Gegenteil, würde ich sagen. Und sie ist so energisch, ein richtiges Energiebündel.«

»Und wann soll ich sie treffen? Ist da was ausgemacht?«

Das war eine überflüssige Frage. Natürlich war alles schon ausgemacht und notariell beglaubigt.

»Nein, aber ihr könntet euch zum Beispiel morgen am Schwedenplatz treffen. Beim Eisgeschäft. So gegen sechs. Sie wird dich erkennen. Ich habe ihr dein Foto gemailt, von deinem dreißigsten Geburtstag. Du weißt, das, wo du so elegant aussiehst.«

Auf diesem Foto stecke ich in einem Anzug und lächle wie ein gestresster Idiot in die Kamera. Mit einem Blumenstrauß in der Hand wirke ich wie ein junger, vielversprechender Totengräber.

»Dann kann ja nichts schiefgehen«, sagte ich. »Ich zeige ihr die Stadt, dann gehen wir was trinken, und danach bringe ich sie nach Hause.«

»Wunderbar. Kristina wird dir dankbar sein. Noch eine Palatschinke?«

Sie schob mir eine frische zu. »Da fällt mir allerdings doch etwas ein. Wenn du mit ihr spazieren gehst, meide die Parks, insbesondere den Stadtpark«, sagte sie.

»Wieso das?«

»Weil es dort Enten gibt. Und sie reagiert allergisch auf Wasservögel. Kein Mensch weiß, warum. Wenn sie eine Ente sieht, ergreift sie sofort die Flucht.«

Ich sagte mit vollem Mund:

»Ist diese Entenangst eine normale Teenagermacke oder schon eine Marotte?«

»Ich weiß nicht, was das ist. Aber ich weiß, dass jährlich Tausende Menschen beim Essen verunglücken. Weil sie ihre Frechheiten nicht für sich behalten konnten und sich dabei verschluckt haben.«

18

Als ich am nächsten Abend beim Eisgeschäft am Schwedenplatz ankam, hoffte ich inständig, dass diese Mariola mich nicht erkennen und die Verabredung enden würde, bevor sie begonnen hatte. Ich trug ein T-Shirt und eine helle Hose und wich gehörig von dem Mann auf dem Foto ab.

Aber es war umsonst. Frauen haben ein unglaubliches Gesichtsgedächtnis. Sie könnten einen Mann sogar erkennen, wenn er eine Maske trüge. Bloß weil sie ein Stück vom Haaransatz oder ein Ohr sehen.

Ich stand bestenfalls zwei Minuten in der Menschenmenge vor dem Eisgeschäft, als eine junge, aschblonde Frau in einem Blumenkleid auf mich zukam und mich ansprach: »Bist du der, für den ich dich halte?«

»Und für wen hältst du mich?«, fragte ich. Ich war kein Freund von derartig geistreichen Gegenfragen, aber offenbar wollte ein Teil von mir den Abend immer noch platzen lassen.

Meine Antwort zauberte interessanterweise Mariola ein Lächeln ins Gesicht, und sie antwortete: »Ich halte dich für Ludwik. Du siehst genauso aus wie auf dem Foto.«

»Dann bist du bestimmt diese Mariola, die hier vor Langeweile die Wände hochgeht?«

»Die bin ich. Auch wenn es mit der Langeweile nicht so schlimm ist.«

Ich musste zugeben, sie hatte ein sympathisches Lächeln. Das war ein großer Fortschritt gegenüber der letzten Cousine, die die Mimik einer Marmorstatue hatte und auf jeden meiner Scherze allergisch reagierte.

Es entstand eine kleine Pause. Ich sah mich demonstrativ um, als würden alle Sehenswürdigkeiten Wiens praktisch vor unseren Füßen liegen, und machte eine Handbewegung:

»Was soll ich dir als Erstes zeigen? Das Zentrum? Oder vielleicht ein Museum? Es müsste noch diese Ausstellung geben, wo man ausgestopfte Hunde zeigt, die berühmten Leuten gehört haben.«

»Ehrlich gesagt, würde ich am liebsten in ein nettes Lokal gehen und etwas trinken. Das ist mein letzter Tag in Wien. Wäre das in Ordnung?«, fragte sie.

»Das ist absolut in Ordnung.«

Damit war die lästige Stadtführung entfallen, und ich würde spätestens in zwei Stunden wieder zu Hause sein.

Aber Mariola hörte nicht auf, mich weiter positiv zu überraschen.

»Ich wüsste sogar schon ein Lokal«, informierte sie mich. »Es ist nicht weit von hier, am Karlsplatz. Ich weiß nicht, wie es heißt. Aber wenn wir mal dort sind, finde ich es sicher.«

Wir schlugen den kürzesten Weg über die Kärntnerstraße ein. Ich hätte nicht gedacht, dass ich einmal Sehnsucht nach dieser snobistischen Flaniermeile bekommen würde, aber zwei Monate »Weiße Tulpe«

vollbrachten Wunder. Ich staunte, wie schön die Fassaden waren. Nicht einmal die hässlichen Geschäfte konnten sie kaputtmachen.

»Und? Wie lange bist du schon in Wien?«, begann ich die Unterhaltung, während ich den Blick über die Zinshäuser links und rechts schweifen ließ.

»Seit einer Woche. Es ist mein erstes Mal in Wien und überhaupt im Westen«, antwortete sie. »Ich komme aus Tschenstochau. Kennst du das?«

»Flüchtig. Ist das nicht der Ort, wo die Jungfrau Maria zur Welt gekommen ist?«

»So einen Scherz solltest du dort nicht auf offener Straße loslassen. Dafür könntest du auf dem Scheiterhaufen enden. Ich arbeite in einem Kosmetikladen. Wir verlängern und kürzen Fingernägel, Haare, Augenbrauen und so weiter. Alles, was Frauen eben schöner macht.«

Sie fing an, zu erzählen, wie anstrengend ihre Arbeit war und wie fordernd die Kundinnen waren. Sie nahm ihren Job offenbar sehr ernst.

Mir fiel auf, dass sie beim Gehen ihre Füße so vor sich stellte, als ginge sie auf einer unsichtbaren Linie. Das war sehr charmant. Sie hatte überhaupt etwas Einnehmendes. Sogar das schlichte Blumenkleid stand ihr gut. Sie sah darin genauso elegant aus wie die versnobten Pradas und Guccis, die an uns vorbeizogen.

Wir plauderten noch zwei Gassen lang über ihren Job und Tschenstochau, als sie mich plötzlich unterbrach und vor einem Schuhgeschäft stehen blieb. Sie deutete auf die Auslage und fragte:

»Wäre das in Ordnung, wenn wir hier ganz kurz

hineinschauen? Ich wollte hier schon vor ein paar Tagen hin. Dauert nur fünf Minuten, in Ordnung?«

»Natürlich«, sagte ich. »Soll ich mit reingehen?«

»Das wäre schön. Ich kann eine Zweitmeinung gut gebrauchen.«

Wir betraten den Laden, und Mariola fand praktisch blind in die Damenabteilung. Sie nahm ein paar Schuhe aus dem Regal und begann, sie im Stehen anzuprobieren. Jedes Mal, wenn sie den nächsten Schuh anprobierte, drehte sie dabei den Fuß hin und her. Dann sah sie mich erwartungsvoll an und fragte:

»Und? Wie sitzt er?«

Sie zog ihr Kleid hoch bis zum Knie, und ich konnte ihre Wade sehen. Ich hatte bis dahin nur zweimal eine wirklich vollkommene Wade gesehen. Einmal fünf Jahre zuvor, als eine Frau in Hietzing aus dem Taxi stieg und ihr das Kleid hochrutschte. Und das zweite Mal im vergangenen Frühling bei einer Joggerin, die sich bückte, als ihr das Handy aus der Hand gefallen war.

Jetzt also sah ich die dritte. Ich musste mich zusammenreißen, um nicht ständig hinzuschauen. Zum Glück hörte sie mit dem Schuhanprobieren genauso plötzlich auf, wie sie angefangen hatte, und wir verließen den Laden, ohne etwas zu kaufen. Als wir draußen waren, redeten wir einfach da weiter, wo wir aufgehört hatten.

So kamen wir zum Karlsplatz, und Mariola fand das Lokal nach kurzer Suche in einer der kleinen Gassen neben dem Resselpark. Es hieß »Pyramide« und sah sehr schick aus. Ich runzelte die Stirn, und Mariola bemerkte, dass es mir nicht gefiel, zog mich am Arm und sagte: »Nur für einen Drink, bitte.«

Das Lokal war voll von Managern oder Immobilienmaklern, die gerade shoppen gewesen waren. Um ihre Tische herum standen Einkaufstaschen von italienischen Nobelmarken. Das Einzige, was mir in diesem Lokal gefiel, war ein großes Aquarium in der Form einer Pyramide, das mitten im Raum stand.

Als wir uns an einen Tisch setzten, sagte Mariola:

»Du kannst mich für einen Snob halten, aber ich will einen Caipiroschka trinken. Das ist so ein Cocktail mit ein bisschen Wodka und noch ein paar Kleinigkeiten. Er soll sehr gut sein in Wien. Probierst du auch einen?«

»Ich nehme einen Wein«, sagte ich und winkte den Kellner heran. Es war einer von diesen dunkelhäutigen Schönlingen, die in der letzten Zeit überall auftauchten. Er war professionell und schnell wie der Blitz. Unsere Drinks standen schon fünf Minuten später auf dem Tisch.

Mariola hob ihren Caipiroschka.

»Darauf, dass du Zeit für mich gefunden hast. Zum Wohl.«

»Das würde ich jederzeit wieder tun. Zum Wohl«, sagte ich. Das klang zwar dick aufgetragen, aber es kommt letztlich immer darauf an, wie man etwas Nettes ausspricht.

Nach dem ersten Schluck sagte Mariola: »Jetzt bist du dran. Ich habe die ganze Zeit nur von mir geredet. Erzähl mir etwas über dich.«

»Und? Was möchtest du hören?«

»Tante Kristina hat erzählt, dass du eine Menge Jobs gemacht hast. Für jemanden, der wie ich seit Jahren dasselbe macht, klingt das exotisch. Was hast du alles getrieben?«

»Einiges. Im letzten Jahr war ich Tierwärter im Zoo, im Winter ging ich als Weihnachtsengel verkleidet. Und jetzt laufe ich durch die Wohnungen und lese Heizungen ab.«

»Was ist das? Heizungen ablesen?«

Ich erklärte es ihr und brachte ein paar Anekdoten aufs Tapet. Ich versuchte, witzig zu sein, und Mariola lachte immer an den richtigen Stellen. Am Ende kamen wir auf die »Weiße Tulpe«. Ich erzählte ihr, wie ich dort gelandet war, und sie schüttelte immer wieder ungläubig den Kopf. Vor allem die Geschichte mit der Militärkommission wollte sie mir nicht glauben. Schließlich gestand ich ihr, dass ich mich in der »Weißen Tulpe« erstaunlich wohlfühlte, obwohl es mir am Anfang wie eine Katastrophe vorgekommen war. Und dass die alten Leute mir dort viel besser lagen als die meisten jungen hier draußen. Ich dachte, sie würde mich für einen Sonderling halten, aber sie sagte:

»Das klingt, als wärst du gerade in einer großen Umbruchphase.«

»Inwiefern?«

»Wenn man in einer Umbruchphase steckt, dann ist es so, als wäre man krank. Und dann sucht man sich das Umfeld, in dem man am schnellsten wieder gesund wird. Offenbar ist für dich das Altersheim jetzt das Richtige. Frag mich nicht, warum. Ich bin kein

Psychologe, aber es sind immer die unerwartetsten Orte, die einen auf die Beine bringen.«

»Interessante Theorie. Wie kommst du denn auf solche Sachen?«

»Weil ich selber auch in einer Umbruchphase stecke. Und ein Hungriger weiß, wie ein anderer Hungriger tickt.«

»Und in was für einer Umbruchphase?«

»Ach, das gehört nicht hierher.« Sie winkte ab, als hätte ich sie an etwas Unangenehmes erinnert.

»Aber du kannst nicht alles über mich wissen, und ich nichts über dich.«

Sie schaute mir in die Augen und sagte dann: »Ich war kürzlich in einen Mann verliebt, der Musiker war. Er war wirklich fabelhaft, bis ich darauf kam, dass er nur so eine schöne melodiöse Leere in sich hatte. Das kann eine Frau ziemlich desillusionieren. Und jetzt kaue ich immer noch darauf herum. Zwei Monate ist es her.«

Sie machte eine Geste, als würde sie einen Kreis in die Luft malen. »Wenn wir schon dabei sind: Wie sieht es bei dir mit der Liebe aus? Wie sind die Frauen im Westen so?«

»Genau wie im Osten, sie haben nur kürzere Fingernägel.«

»Nein, im Ernst. Sag bloß, du hast keine Erfahrungen mit den Westfrauen? Könnte ja sein, es gibt hier ja genug Polinnen.«

»Doch, mit der einen oder anderen schon. Aber nie lange genug, um wirklich einen Unterschied auszumachen. Ich bin nämlich beziehungsunfähig, wie meine Mutter zu sagen pflegt. Ich habe mir einmal die Finger verbrannt. Das war vor fünf Jahren, aber es kommt mir vor, als wäre es gestern gewesen.«

»Die Liebe ist so hinterhältig«, stimmte Mariola zu. »Sie kommt leicht daher, und dann nimmt sie Kilo für Kilo zu. Ehe man sich's versieht, trägt man eine Straßenwalze auf dem Rücken.«

Sie nahm wieder einen Schluck von ihrem Caipiroschka. Sie gab richtig Gas. »Weißt du, irgendwann kommt man sich vor, als würde man bei sich selber zur Untermiete wohnen. Man ist ein Fremder im eigenen Haus. Man weiß am Ende weder, wo die Türen, noch, wo die Fenster sind.«

»Vielleicht solltest du dann auch die Umgebung wechseln«, sagte ich. »Es muss ja nicht gleich ein Altersheim sein.«

»Wenn das nur so leicht wäre«, lächelte sie und schaute sich im Lokal um. Auf einmal schien es ihr hier zu missfallen, insbesondere die vier Manager am Nebentisch. Sie warfen schon seit einer halben Stunde immer wieder Blicke zu unserem Tisch herüber und tuschelten miteinander.

»Du hattest recht. Dieses Lokal ist doch nicht so, wie ich dachte. Ich würde gerne wieder an die frische Luft«, sagte Mariola.

»Jetzt? Gleich?«

»So gleich ist es auch nicht. Wir sind schon seit über einer Stunde da.«

Ich sah auf die Uhr und traute meinen Augen nicht. Es waren fast zwei Stunden vergangen. Ich rief den Kellner und beglich die Rechnung. Beim Hinausgehen gingen wir an den vier Managern vorbei. Einer von ihnen rief Mariola nach: »Beehren Sie uns bald wieder, schöne Frau.«

»Was hat er gesagt?«, fragte mich Mariola, als wir beim Ausgang waren.

»Dass er dich umwerfend findet.«

»So ein Idiot. Verschwinden wir von hier«, sagte sie.

Wir gingen hinaus und in den Resselpark, dort nahmen wir auf einer Parkbank Platz. Um diese Zeit war niemand mehr da. Die halbe Stadt lag schon im Bett, die andere Hälfte sah fern. Es war ein warmer Abend, und man konnte sogar die Blumen riechen, die neben der Bank wuchsen.

Sie sah sich um und sagte: »Das ist wirklich ein ruhiges Plätzchen, dieses Wien. Es ist schon so spät, und trotzdem gibt es keinen Schläger auf der Straße. Ist das normal?«

»Es ist nicht normal, aber es passiert ständig.«

»Ich beneide dich. Du hast ein gutes Leben hier. Trotz deiner Probleme machst du einen ausgeglichenen Eindruck.«

»Wirklich? Da bist du die Einzige, die so denkt.«

Sie lächelte und lehnte sich auf einmal zu mir herüber. Dann berührte sie meine Schulter und küsste mich auf den Mund.

Ich wich verblüfft zurück.

»Was ist? Ich befolge nur deinen Rat und versuche, die Umgebung zu wechseln«, sagte sie und küsste mich noch einmal. Diesmal wich ich nicht zurück, und wir küssten uns leidenschaftlich. Es war, offen gestanden, schon ewig her, seit ich eine Frau geküsst hatte. Erst jetzt merkte ich, wie es mir fehlte. Meine Hand verselbstständigte sich und wanderte langsam an ihrem Bein hinab.

Ich berührte ihre Wade. Sie fühlte sich glatt an, als wäre sie eingeölt. Mariola ließ es zu, als hätte sie darauf gewartet. Doch plötzlich tauchte vor meinen Augen Schwester Sylwia auf. Ich konnte dagegen nichts tun. Ich unterbrach für einen Moment, um ihr Bild loszuwerden.

Mariola merkte sofort, dass etwas nicht stimmte:

»Alles in Ordnung?«, fragte sie. »Warum hörst du auf?«

»Ich habe nicht aufgehört.«

Sie schaute mich forschend an und wich zurück.

»Man sieht es mir an, dass ich über ihn noch nicht hinweg bin, stimmts?«

»Was? Was meinst du?«

»Dass man es mir ansieht, dass ich noch in meinen Musiker verliebt bin.« Sie stand auf und zupfte ihr Kleid zurecht. »Tut mir leid, Ludwik. Ich kann das noch nicht.«

»Bleib sitzen«, bat ich sie.

»Nein, es geht nicht. Ich werde jetzt nur noch an ihn denken.« Sie sah sich im Park um. »Es tut mir wirklich leid. Es war ein schöner Abend. Aber jetzt muss ich allein sein.«

Sie sah mich an wie jemand, der mit den Gedanken längst schon woanders ist.

»Außerdem wäre das jetzt irgendwie nicht richtig. Verstehst du das?«

»Ich verstehe es, natürlich.«

»Danke!« Sie küsste mich zum Abschied auf die Wange. »Darf ich dir einen Rat geben? Bring deine Umbruchphase so schnell hinter dich wie nur möglich. Du siehst es ja an mir, so kann man nicht leben.«

»Ich werde es versuchen.«

Sie schlug den Weg über die große Allee ein und verließ den Park. Ich sah gerade noch, wie sie in ihrer Handtasche kramte. Sie suchte wahrscheinlich ihr Handy, um ihren Musiker anzurufen.

Ich blieb noch eine Weile sitzen, um das, was gerade vorgefallen war, zu verdauen. Ich wünschte, wir hätten uns noch ein paar Augenblicke länger geküsst. Das war wirklich angenehm. Was hatte ich mir bloß dabei gedacht, eine Frau zu küssen und im selben Moment an eine andere zu denken? Aber der Mariolakuss hatte mir die Szene in Erinnerung gebracht, wie ich kürzlich mit Schwester Sylwia Medikamente sortierte und sie unabsichtlich an ihrer Wange berührte. Es war absolut harmlos. Ich sah mich um im Park. Es war wirklich ein schöner Abend.

»Vielleicht sollte ich meine Umbruchphase so schnell wie möglich beenden«, seufzte ich. So konnte man wirklich nicht normal funktionieren.

19

Zwei Wochen vor meinem Dienstende passierte etwas, wovor ich mich seit dem ersten Tag in der »Weißen Tulpe« gefürchtet hatte.

Es war an einem Freitag, kurz vor meinem Feierabend. Ich saß in meinem Ohrensessel und zählte durch das Fenster die Krähen im Park. Ich kam immer wieder durcheinander, denn nichts ist schwieriger zu zählen als Vögel, die dauernd in Bewegung sind.

So bemerkte ich nicht, dass Schwester Sylwia auf einmal im Zimmer stand. Sie legte mir die Hand auf die Schulter, als würde sie mich verhaften wollen, und sagte: »Ich brauche Ihre Hilfe, Ludwik. Und zwar gleich.«

In ihrer Stimme lag ein Ton, den ich bis jetzt nur zweimal im Leben gehört hatte. Es war zwar vor langer Zeit gewesen, aber er war unverwechselbar, und man merkte ihn sich für immer.

Ich stand sofort auf und folgte ihr. Es war derselbe Weg, den sie mich schon einmal geführt hatte. Und auch diesmal blieben wir vor Frau Dobenecks Tür stehen. Nur dass die Tür bereits halb offen stand, wie Türen in Wohnungen offen stehen, hinter denen etwas Ernstes passiert ist.

Ich folgte Schwester Sylwia, und wir betraten das Schlafzimmer von Frau Dobeneck. Im ersten Moment konnte ich nichts Außergewöhnliches erkennen. Auf dem Bett lag Frau Dobeneck, sie trug eine Art Pyjama und war wach. Als sie Schwester Sylwia erblickte, brachte sie sogar ein Lächeln zustande und zeigte mit dem Finger auf mich, ohne etwas zu sagen.

»Das ist ein Krankenpfleger«, erklärte Schwester Sylwia. »Er wird uns helfen.«

»Ich wünsche Ihnen einen guten Tag«, sagte Frau Dobeneck, und ihre Stimme ging in ein tiefes Röcheln über.

»Sollten wir nicht doch Dr. Ring holen?«, fragte ich leise.

»So viel Zeit haben wir nicht mehr«, antwortete Schwester Sylwia. »Sehen Sie das Beatmungsgerät auf dem Tisch? Bringen Sie es bitte her.«

Sie deutete auf etwas, das wie eine große Plastikbirne aussah. An einem Ende befand sich eine Öffnung, die wie ein Schnabel aussah. Ich brachte Schwester Sylwia das Gerät, und sie überprüfte schnell, ob alles an seiner Stelle war.

»Sie hat zu viel Wasser in der Lunge«, sagte sie. »Sie wird ersticken, wenn wir nicht gleich etwas dagegen unternehmen.«

Sie zog das Kissen unter dem Kopf von Frau Dobeneck weg, die jetzt ganz flach im Bett lag. Dann knöpfte sie ihren Pyjama auf.

Frau Dobeneck sah mit einem wirren Blick um sich und röchelte in meine Richtung: »Ich habe von einem Schimpansen geträumt.«

Ihre Hand wanderte an den Hals, und ihre Finger bohrten sich in ihre Haut, als wollte sie ein Loch in den Hals stechen. Sie schnappte immer verzweifelter nach Luft.

»Wir haben nur einen Versuch.« Schwester Sylwia gab mir ein Zeichen. »Achten Sie auf ihren Puls bitte.«

Ich ergriff das Handgelenk von Frau Dobeneck. Es war so dünn wie das eines Kindes. Ich hatte Schwierigkeiten, den Puls zu ertasten, doch schließlich fand ich ihn. Er war schwach, aber regelmäßig.

»Ich bin bereit«, nickte ich. Schwester Sylwia setzte das Beatmungsgerät an. Die kleine Öffnung glitt wie ein Schnabel in den Mund von Frau Dobeneck, und Schwester Sylwia begann zu pumpen. Ihre Bewegungen waren präzise und ruhig. Nur ihre zusammengepressten Lippen verrieten, wie angespannt sie war. Frau Dobeneck nahm den Schnabel in ihren Mund auf wie ein Säugling und atmete dankbar den Sauerstoff ein. Eine halbe Minute war alles ruhig. Dann bäumte sich ihr Körper auf, und der Beatmungsschlauch rutschte aus ihrem Mund. Ich hielt den Kopf von Frau Dobeneck fest, und Schwester Sylwia führte den Schnabel wieder an ihren Mund. Sie pumpte weiter, aber die erwünschte Wirkung blieb aus. Im Gegenteil, je mehr sie pumpte, desto schwächer wurde der Atem von Frau Dobeneck. Es sah aus, als würde die Luft sie langsam umbringen.

Und dann hörte sie einfach zu atmen auf. Der Puls fing an, unregelmäßig zu werden, und setzte dann ganz aus. In diesem Moment öffnete Frau Dobeneck noch einmal die Augen, ihre Hand ging nach oben und berührte Schwester Sylwias Gesicht, als wollte sie sie daran hindern, sie weiter zu beatmen. Dann ließ sie die Hand wieder sinken, und ihre Augen suchten sich einen Punkt an der Decke.

Schwester Sylwia machte weiter.

»Sylwia. Es ist passiert«, sagte ich. »Es hat keinen Sinn.«

Dann zog ich sie zur Seite, bis das Beatmungsgerät sich aus dem Mund von Frau Dobeneck löste. Schwester Sylwia ließ das Gerät sinken und betrachtete Frau Dobeneck. Der Schweiß rann ihr über die Stirn, und sie atmete wie nach einem Langstreckenlauf. Dann sagte sie mit einem Hass, wie ich ihn ihr nie zugetraut hätte:

»Wenn die Zeit ein Mensch wäre, würde ich auf sie einschlagen, bis sie tot wäre. Ich würde die Zeit mit eigenen Händen totschlagen.«

Sie verstummte und betrachtete Frau Dobeneck.

Das Gesicht der Toten hatte sich entspannt, wie nach einer schweren Arbeit. Es bekam einen sanften, beinahe zufriedenen Ausdruck, als wäre Frau Dobeneck froh, wie schnell und reibungslos ihr Tod vor sich gegangen war. Ich hatte das schon einmal gesehen, als meine Großmutter gestorben war.

Plötzlich gab Frau Dobeneck ein Hüsteln von sich. Es war die Luft, die aus ihrer Lunge entwich, aber es sah aus, als wollte sie uns sagen: »Und wozu die ganze Aufregung? Und das ganze Getue? Ende gut, alles gut.«

Schwester Sylwia fuhr hoch.

»Wie konnte ich das vergessen. Sie möchte ihren Jubiläumsdukaten.« Sie zeigte auf den Nachttisch. »Geben Sie ihn mir bitte. Zweite Schublade von oben.«

Ich holte den Jubiläumsdukaten. Sylwia legte ihn Frau Dobeneck in die Hand und schloss sie um die Münze.

»Wenn die Starre eintritt, wird ihn ihr niemand mehr wegnehmen können. Nicht einmal ihre Verwandten. Sie wird ihn mit ins Grab nehmen.« Dann fügte sie hinzu: »Im Grab gibt es keine Luft und kein Licht. Und das ist gut so.«

Ich verstand nicht, was sie damit meinte, aber in Gegenwart von Toten sagte man manchmal Dinge, die seltsam waren. Als meine Großmutter starb, wiederholte ich im Kopf immer wieder den Satz: »Bring mir die Ribiseln aus dem Keller.« Dabei gab es bei meiner Großmutter gar keinen Keller.

Schwester Sylwia bettete Frau Dobeneck wieder auf ihr Kopfkissen und überprüfte, ob alles an seinem Platz war. Es dauerte eine Weile, bis sie endlich zufrieden war.

»Ich glaube, jetzt ist alles da, wo es hingehört«, sagte sie.

»Dann gehe ich jetzt und sage Dr. Ring Bescheid.«

Sylwia nickte. Ich ging zur Tür und blieb kurz stehen: »Sie hat sich wirklich gefreut, Sie dabeizuhaben«, sagte ich. »Und hätte sie nur sprechen können, hätte sie bestimmt gesagt: ›Ich bin froh, Sie zu sehen, Schwester Sylwia, jeden anderen hätte ich aus dem Zimmer geworfen.‹«

»Danke. Bitte holen Sie jetzt Dr. Ring.«

Als ich auf dem Gang war, blieb ich kurz stehen und atmete durch. Ich sah auf die Uhr und musste zweimal hinschauen. Es waren nur sieben Minuten vergangen, seit ich die Krähen im Park gezählt hatte. Schwester Sylwia hatte recht. Die Zeit machte mit uns, was sie wollte. Und gerade eben hatte sie wieder mit leichter Hand einen von uns fallen lassen.

20

Aufgrund des Todesfalls musste das ganze Personal noch bis tief in die Nacht bleiben. Alle warteten darauf, endlich von Dr. Ring nach Hause entlassen zu werden. Ich saß in meinem Ohrensessel und studierte meinen Gipfel. Das glitzernde Muster auf der Unterseite ließ mir keine Ruhe. Ich war mir sicher, dass ich es schon einmal irgendwo gesehen hatte. Es war vor langer Zeit gewesen, aber ich kam nicht dahinter, wo.

Gegen Mitternacht klopfte Schwester Sylwia an meine Tür. Sie betrat meinen Raum so leise und vorsichtig, als fürchtete sie, jemanden anzutreffen, dem sie jetzt nicht begegnen wollte.

»Störe ich?«, fragte sie.

»Keineswegs, ich habe nichts zu tun.«

»Darf ich mir etwas von Ihrem Tee nehmen?« Sie zeigte auf den Teekocher.

»Bitte, bedienen Sie sich«, sagte ich. »Er ist zwar kalt, aber es ist immer noch Tee.«

Sie füllte ihre Tasse und kam damit zu mir herüber.

»Wussten Sie, dass an dem Tag, an dem hier jemand stirbt, nichts gelingt?«, sagte sie. »Mir ist vorhin dreimal das Thermometer aus der Hand gefallen. Dann habe ich vergessen, die Befunde zu sortieren. Vielleicht lasse ich als Nächstes Ihre Tasse fallen.«

»Nur zu. Es sind noch genug Tassen da. Aber als wir Frau Dobeneck zu retten versuchten, hat alles geklappt. Jeder Griff von Ihnen saß.«

»Und trotzdem ist sie tot.«

»Vielleicht sollte das heute nicht gelingen.«

»Vielleicht. Das Begräbnis ist jedenfalls für nächste Woche angesetzt. In einem kleinen Ort bei Salzburg.«

Sie ließ den Blick über den Raum schweifen und entspannte sich etwas.

»Wissen Sie, was mich nicht loslässt? Diese komischen Dinge, die passieren, wenn jemand stirbt. Vor einem halben Jahr hat mir ein sterbender Tulpianer das Handgelenk so umklammert, als würde er meinen Puls fühlen wollen. Und heute griff mir Frau Dobeneck regelrecht mit der Hand ins Gesicht. So als wollte sie mich streicheln und sagen: ›Lass los, Schätzchen, es ist alles gut.‹ Haben Sie das bemerkt?«

»Ich stand direkt daneben.«

»Wissen Sie, woran ich in diesem Moment dachte? Ich dachte, sie wollte mir sagen: ›So wie du dich um mich kümmerst, solltest du dich lieber um dich selbst kümmern, Sylwia. Spar dir die Luft für dich selbst auf, du brauchst sie mehr als ich.‹«

»Haben Sie wirklich den Eindruck, dass Sie nicht genug Luft zum Atmen haben?«

»Definitiv ja. Ich bin sechsunddreißig, fahre dreimal im Jahr zu meinen Eltern und bin allergisch gegen Birnen. Ich habe aufgehört, an etwas Höheres zu glauben, und habe seit ungefähr einem Jahr ein ernstes Problem. Ich habe panische Angst vor dem Tod. Das ist nicht gerade hilfreich, wenn man in einem Altersheim arbeitet.«

»Ich kannte mal eine Frau, die ausschließlich von Luft lebte. Sie glaubte, ihr Haus, ihre Kleider, sogar sie selbst sei aus Luft. Sie wünschte sich nichts mehr, als etwas zu haben, was sie am Boden halten würde.«

»Was meinen Sie damit?«

»Dass der Tod seine Vorteile hat. Sie sehen den Tod womöglich einfach nur in falschem Licht.«

»In falschem Licht? Das müssen Sie mir genauer erklären.«

»Als ich klein war, hat mir meine Großmutter mal erklärt, wie man den Tod im richtigen Licht sieht. Darf ich es Ihnen zeigen? Es dauert nur einen Moment.«

Ich stand auf und setzte mich ganz nah neben sie:

»Eines Tages, kurz bevor ich schlafen ging, nahm sie meine Hand und machte Folgendes.« Ich nahm Sylwias Hand und drehte ihre Handfläche nach oben, als wollte ich ihr daraus die Zukunft lesen. Dann berührte ich sie mit meinen Fingerkuppen, als würde ich darauf laufen.

»Spüren Sie etwas?«, erkundigte ich mich.

»Natürlich.«

»Das ist der Tod. Solange man jung und gesund ist, fühlt er sich so an. Wie ein Schmetterling, der über eine Blume wandert und nach Nahrung sucht. Man spürt nur ein angenehmes Kribbeln. Meine Großmutter sagte, dass ich den Tod nie fürchten darf, solange es sich so anfühlt. Denn dann ist er noch weit weg, und das Kribbeln erinnert einen ständig daran, dass man noch immun gegen ihn ist. Wenn man trotzdem ständig an den Tod denkt und Angst vor ihm hat, dann liegt die Ursache woanders. Dann hat man keine Angst vor dem Tod, sondern vor dem Leben.«

»Ihre Großmutter war eine kluge Frau. Aber das ist mir selbst längst klar. Trotzdem vielen Dank für Ihre Aufmunterung.«

Sie entzog mir ihre Hand und betrachtete sie. Etwas schien ihr an der Schmetterlingsgeschichte trotzdem gefallen zu haben. Sie stellte ihre Teetasse wieder ab und erhob sich.

»Ich muss jetzt gehen. Ich danke Ihnen dafür, wie Sie mir vorhin bei Frau Dobeneck geholfen haben. Sie haben das souverän gemacht.«

Sie lächelte, als wäre ihr etwas eingefallen, was sie schon früher hätte sagen wollen, und fügte hinzu: »Wir müssen uns übrigens wirklich nicht nur dann sehen, wenn jemand das Zeitliche segnet.«

»In dem Fall wüsste ich auch einen Ort, wo wir das in aller Ruhe machen könnten«, stimmte ich zu, »natürlich nur, wenn Sie bereit sind, mich ausnahmsweise außerhalb der ›Weißen Tulpe‹ zu treffen.«

»Wer weiß? Liegt dieser Ort denn in Wien?«

»Ja. Wenn auch am Rand der Stadt. Er könnte Ihnen gefallen.«

»Ich werde darüber nachdenken.«

In diesem Moment hörte ich Schritte im Gang. Es war Dr. Ring, der wohl das Personal darüber informieren wollte, dass es endlich nach Hause gehen durfte.

»Ich gehe jetzt lieber«, sagte Schwester Sylwia. »Ich muss ein paar Kleinigkeiten erledigen. Melden Sie sich bei mir.«

Damit verließ sie meinen Raum. Sie entfernte sich in die entgegengesetzte Richtung, aus der Dr. Ring kam, so als wollte sie nicht, dass er sie hier sah.

Ich stand auf und ging ans Fenster. Ich hatte auf einmal große Lust, den Nachthimmel zu betrachten. Er war in dieser Nacht besonders klar, und die Sterne hingen so tief, als hätte es irgendwo im All einen spektakulären Unfall gegeben.

Im nächsten Moment betrat Dr. Ring mein Zimmer. Er entdeckte mich am Fenster und kam zu mir.

»Das ist, was mir so an Ihnen imponiert, Herr Wiewurka«, sprach er mich an. »Die andern sitzen einfach da und warten, bis ich vorbeikomme, aber Sie nutzen den Moment und begutachten den Nachthimmel.«

Ein Hauch von Sliwowitz umfing mich. Er war intensiver als sonst.

»Ich begutachte ihn nicht, Herr Direktor, ich halte lediglich Ausschau«, sagte ich, ohne den Nachthimmel aus den Augen zu lassen.

»Tatsächlich?« Dr. Ring folgte meinem Blick. »Und wonach, wenn ich fragen darf?«

»Nach Frau Dobeneck, denke ich.«

»Da draußen werden Sie sie nicht finden. Dafür war sie viel zu schlau.«

»Zu schlau?«

»Ich bin Anhänger einer seltsamen Theorie. Ich glaube, dass der Tod uns zwar aufsucht, wir selbst aber den Todeszeitpunkt bestimmen dürfen. Wir können ihn um Minuten, Stunden, sogar um Tage hinauszögern, bis der richtige Moment kommt. Ich habe das schon hundertmal beobachtet. Auch Frau Dobeneck hat den richtigen Zeitpunkt abgewartet und erst dann den Saal verlassen. So jemand schwebt sicher nicht als Geist vor Ihrem Fenster.«

»Das ist wirklich eine seltsame Theorie.«

»Ich habe gehört, wie geschickt Sie sich heute angestellt haben. Schwester Sylwia hat mir alles erzählt.«

»Ich habe praktisch nichts gemacht. Schwester Sylwia hatte alles im Griff.«

»Sie haben einen kühlen Kopf behalten, und das ist meiner Erfahrung nach sehr ungewöhnlich für jemanden, der ...« Er suchte nach dem richtigen Wort.

»... der ein Anfänger ist?«

»... der so jung ist. Und das bringt mich zum nächsten Thema. Könnten Sie vielleicht nächste Woche in meinem Büro vorbeischauen? Zum Beispiel am Montag? Für eine kleine Plauderei im Beisein einer freundlichen Spirituose?«

»Natürlich, Herr Direktor. Das würde mich sehr freuen.«

»Wunderbar. Mehr wollte ich nicht wissen.«

Dr. Ring zeigte in den Nachthimmel hinter dem Fenster.

»Wissen Sie, wonach ich an so einem Abend wie heute lieber Ausschau halte? Nach dem Bart unseres Schöpfers. Er hat sich in den letzten zweitausend Jahren nämlich einen so langen Bart wachsen lassen, dass wir daran bequem in sein Reich hinaufklettern könnten. Nur leider hat er nicht bedacht, dass niemand in der ›Weißen Tulpe‹ die Lust oder die Kraft dafür hat. Uns eingeschlossen.«

Dr. Ring tätschelte mir den Arm. »Bis Montag, Herr Wiewurka. Seien Sie pünktlich.«

»Bis Montag, Herr Direktor.«

Er hinterließ eine Sliwowitz-Wolke, die sich noch lange in der Luft hielt.

Nur eins ist merkwürdiger als ein Sonderling. Ein betrunkener Sonderling, dachte ich und sah wieder aus dem Fenster. Ich blickte eine Weile in die Dunkelheit. Dann neigte ich meinen Kopf nach links und riskierte einen Blick genau auf die Stelle, auf die Dr. Ring gezeigt hatte. Für einen Moment glaubte ich, dort wirklich etwas Ungewöhnliches zu sehen. Etwas, das tatsächlich wie ein monströser Bart aussah. Aber als ich noch einmal hinsah, waren es nur ein paar Sterne. Wie an einer unsichtbaren Schnur aufgereiht, glitzerten sie am Firmament so hell, dass man sie mit allem Möglichen verwechseln konnte. Sogar mit dem Bart des Schöpfers.

21

An dem Tag, an dem ich mich bei Dr. Ring melden sollte, ging ich durch die »Weiße Tulpe« wie durch einen Palast, den man nie wieder zu Gesicht bekommen wird. Es waren weniger als zwei Wochen bis zu meinem Zivildienstende, und ich war in Abschiedsstimmung. Ich durchquerte zuerst das Casino, wo ich jeden Nachmittag für die Unterhaltung der Tulpianer sorgte, blieb kurz im Restaurant stehen, wo ich ein paarmal eine Schlägerei um die Crème brulée verhindert und mir selber dann und wann eine abgezweigt hatte. Zum Schluss lief ich den großen Gang mit den Ölgemälden hinunter, der tagsüber voller Tulpianer war. Aber jetzt hörte man nirgendwo auch nur ein Geräusch. Alle waren längst zu Bett gegangen und träumten wahrscheinlich von Jubiläumsdukaten.

Als ich vor dem Büro von Dr. Ring ankam, warf ich einen sentimentalen Blick auf seine Tür. Vor über zwei Monaten hatte ich sie das letzte Mal so aufmerksam studiert. Damals hatte ich herausgefunden, dass Dr. Ring die Tür mit dem Fuß aufhielt, weil er die Hände oft nicht frei hatte, oder dass er im Dunkeln das Schloss aufsperrte. Inzwischen wusste ich unvergleichlich mehr über ihn und empfand immer noch den gleichen Respekt wie am ersten Tag. Ich klopfte und trat ein.

Dr. Ring erwartete mich bereits hinter seinem Schreibtisch und schien erstaunlich guter Laune zu sein. Statt meiner Akte wartete aber heute eine Flasche Sliwowitz mit zwei Gläsern. Er lächelte bei meinem Anblick und rief mir zu: »Kommen Sie näher, und nehmen Sie Platz! Das ist kein Besuch, den wir im Stehen abwickeln werden.« Dr. Ring hatte offenbar schon etwas getrunken. Seine Geste war ausladender als sonst.

Ich setzte mich auf den Stuhl, der wieder gefährlich unter mir knarzte. Dr. Ring erlaubte sich ein Lächeln und zeigte auf den Sliwowitz:

»Sie fragen sich sicher, ob es erlaubt ist, im Dienst ein Gläschen zu trinken? Die Antwort lautet ja und nein. Es ist nicht erlaubt, aber manchmal notwendig. Und was notwendig ist, ist auch gesund.«

Dr. Ring goss das zweite Gläschen voll und schob es mir herüber.

»Es gibt ein paar Gründe, auf die wir anstoßen müssen. Fangen wir mit dem ersten an. Nämlich, dass Sie so freundlich waren, hier zu erscheinen. Und zwar nicht nur in meinem Büro, sondern überhaupt in der ›Weißen Tulpe‹. Auf Ihre Anwesenheit, Herr Wiewurka.«

Er hob das Gläschen an den Mund und nippte ganz vorsichtig daran wie ein kleines Kind, das fürchtet, sich zu verbrennen. Dann kippte er es in einem Zug herunter. Ich tat es ihm nach. Für einen Moment stand mein Hals in Flammen, aber ich ließ mir nichts anmerken.

Dr. Ring stellte das Gläschen ab und goss gleich wieder nach.

»Und jetzt lassen Sie mich kurz sentimental werden.« Er zeigte auf etwas hinter meinem Rücken. »Es kommt mir vor, als wäre es gestern gewesen, dass Sie durch diese Tür hereinkamen. Sie haben sofort bemerkt, dass ich Ihre Akte studierte, und waren ziemlich nervös. Das fand ich gleich an Ihnen sympathisch. Ich dachte mir, jemand, den die eigene Akte nervös macht, können wir hier gut brauchen. Und was haben Sie gedacht, als Sie mich hinter diesem Schreibtisch erblickten? Seien Sie offen! Ich kann eine Menge vertragen.«

»Dass Sie mich an meinen Großvater erinnern. Sie sehen ihm gar nicht ähnlich und überhaupt. Es lag daran, wie Sie die Hand bewegten und auf die Uhr schauten. Genau wie er. Sie haben damals nämlich ständig auf die Uhr geschaut.«

»Ich wollte Sie so schnell wie möglich aus dem Büro haben. Ganz anders als heute. Übrigens – in Ihrem Glas herrscht bedrückende Leere.«

Ohne meine Antwort abzuwarten, schob er mir wieder das Glas herüber, und wir kippten gleichzeitig. Mein Hals flammte wieder auf. Allerdings nicht mehr so heftig wie beim ersten Mal.

»Aber genug Komplimente verteilt. Lassen Sie mich jetzt zum eigentlichen Grund Ihres Besuches kommen. Ihr Dienst neigt sich langsam dem Ende zu, und ich habe mir Gedanken über Sie gemacht. Sie haben sich hier gut eingefügt. Es gibt keine Beschwerden. Weder von den Schwestern noch von sonst wem. Aber die größte Überraschung ist, wie gut Sie mit den Tulpianern auskommen. So etwas habe ich bei jemandem, der so jung ist, noch nie gesehen.«

»Danke, aber so jung bin ich jetzt wieder auch nicht.«

»Umso angebrachter ist Lob. Jedenfalls kam mir das verdächtig vor, und ich habe ein wenig nachgeforscht. Aus der unsäglichen Militärakte erfuhr ich, dass Sie bei den Großeltern aufgewachsen sind, was Ihre Sympathie für ältere Menschen erklärte. Aber das war nicht alles, denn schließlich gibt es Leute, die aus demselben Grund alte Menschen hassen. Ich las weiter und fand endlich den wahren Grund. Lassen Sie mich es metaphorisch formulieren: Sie sind ein Auto, das zu früh aus der Garage gefahren ist.«

»Ein Auto, das zu früh aus der Garage gefahren ist? Wie darf ich das verstehen?«

»Wortwörtlich. Sie sind mit zwölf in ein fremdes Land gebracht worden, bevor Sie auch nur einen Laut von sich geben konnten. Seitdem waren Sie auf einer Straße unterwegs, die Sie dauernd aus der Kurve warf. Sie hatten keine Hilfe und keine Garantieleistung wie die anderen. Sie mussten, wenn etwas kaputtging, alles selber reparieren. So etwas macht einen hellhörig für die anderen Autos, die um einen herum fahren. Und dann landen Sie eines Tages in einer großen Garage namens ›Weiße Tulpe‹, die voll mit abgewrackten Autos ist, die es über die Ziellinie geschafft haben, ohne vorher auseinanderzufallen. Das ist doch, was auch Sie wollen. Es über die Ziellinie zu schaffen, ohne vorher auseinanderzufallen. Wissen Sie, was ich meine?«

»Ich bin mir nicht ganz sicher.« Ich wusste nur zu gut, was er meinte.

»Dann versuche ich es anders. In der ›Weißen Tulpe‹ herrscht vielleicht nicht immer die beste Luft, und es ist manchmal recht unappetitlich. Aber dafür herrscht hier eine angenehme Gravitation, die von der Vergänglichkeit um einen herum erzeugt wird. So gesehen, ist die ›Weiße Tulpe‹ die perfekte Garage für Leute Ihres Schlages. Wissen Sie jetzt, worauf ich hinauswill?«

»Ich habe langsam so eine kleine Ahnung.«

»Sie brauchen eine Zuflucht, wo Sie verschnaufen können. Kurz gesagt, ich schlage Ihnen vor, in der ›Weißen Tulpe‹ zu bleiben und weiter mit uns zusammenzuarbeiten.«

Ich war sprachlos. Ich hatte schon geahnt, dass er etwas in der Richtung sagen würde, aber so ist das mit den Worten. Wenn sie ausgesprochen werden, treffen sie einen mehr, als wenn man sie denkt. Ich wusste nicht, was ich sagen sollte.

»Ich weiß, dass Sie jetzt überrascht sind und nicht sofort antworten können. Nehmen Sie sich ruhig einen Tag frei für Ihre Überlegungen. Am Ende der Woche möchte ich Ihre Antwort hören. Da wäre übrigens noch etwas, das Ihnen vielleicht bei der Entscheidung hilft. Sie würden als Krankenpfleger gutes Geld verdienen. Und in ein paar Jahren, wenn ich in Pension gehe, wer weiß? Die ›Weiße Tulpe‹ wird auf jeden Fall einen Chef brauchen, der sich hier wohlfühlt.«

Er spielte tatsächlich mit dem Gedanken, mich zu seinem Nachfolger zu machen. Ich wusste nicht, ob so etwas überhaupt möglich war, aber allein die Tatsache, dass er darüber nachdachte, machte mich sprachlos.

»Was denken Sie jetzt, Herr Wiewurka? Sie machen so komische Bewegungen mit Ihrem Fuß.«

»Dass ich jetzt ein Glas brauche. Und dann frische Luft. In dieser Reihenfolge, wenn möglich.«

»Das lässt sich machen. Hier bitte, stärken Sie sich.«

Er schob mir zum dritten Mal das Glas hinüber, und ich nahm es in die Hand. Dann betrachtete ich es wie einen verzauberten Trank, der einem übermenschliche Fähigkeiten verlieh, und kippte es herunter. Dann stellte ich das Glas wieder ab und sagte: »Spätestens am Freitag melde ich mich und sage Ihnen Bescheid. Inzwischen werde ich in mich gehen, wie die Buddhisten sagen. Wäre das in Ordnung für Sie?«

»Nur gehen Sie nicht zu tief in sich hinein, sonst müssen wir Sie da noch suchen. Möchten Sie noch ein Glas für die Reise?«

»Danke, nein. Sonst schaffe ich es überhaupt nicht aus dem Haus und muss hier übernachten.«

»Wie Sie meinen. Dann bis Freitag. Überlegen Sie es sich gut. Es gibt nicht viele ›Weiße Tulpen‹ auf dieser Welt.«

»Das weiß ich. Danke für den Sliwowitz.«

Ich stand auf und marschierte auf diese steife Art los wie alle, die zu schnell getrunken haben.

Obwohl meine Motorik schon ordentlichen Schaden genommen hatte, schloss ich die Tür ganz leise hinter mir. Da konnte ich noch so betrunken sein. Das hatte ich im Blut.

22

Ich weiß nicht, ob ich das in irgendeinem Film gesehen oder einfach auf der Straße aufgeschnappt habe, aber ich habe gehört, dass man Entscheidungen nicht mit der Brechstange treffen darf. Man sollte sie wie einen Kuchenteig in den Ofen schieben, dort garen lassen und erst wieder herausnehmen, wenn ihre Zeit gekommen ist.

Der Vorschlag von Dr. Ring hat mich aber tatsächlich ins Grübeln gebracht. Noch dazu viel mehr, als ich es erwartet hatte. Noch einige Wochen zuvor hätte ich einen Lachanfall bekommen, wenn mir jemand eine Anstellung in einem Altersheim angeboten hätte, aber jetzt fing ich allen Ernstes an, das Für und Wider abzuwägen.

Erstens wäre die »Weiße Tulpe« der erste solide Anker in finanzieller Hinsicht, den ich jemals hatte, noch dazu mit gewissen Aufstiegsmöglichkeiten, sofern Dr. Ring nicht scherzte, und das tat er bestimmt nicht. Zweitens traf wirklich zu, was er über die Garage und die Gravitation gesagt hatte. So theatralisch es auch klang, ich konnte nicht leugnen, dass ich mich in dieser mit Feng-Shui getarnten Sterbehalle wohlfühlte. Vielleicht lag es an der Vergangenheit, von der ich umgeben war, vielleicht aber lag es auch einfach nur daran, dass dort alles so langsam war.

Was mich aber abschreckte, war, dass es ein riesiger Schritt für mich sein würde, und aus Erfahrung wusste ich, dass riesige Schritte tückisch sein konnten.

Also tat ich das, was alle Unentschlossenen tun: Ich ging zum Friseur. Und das nicht zu irgendeinem, sondern zum Herrn Anton, der mir schon öfter mit gutem Ratschlag aus der Patsche geholfen hatte. Es mag naiv klingen, aber in wichtigen Dingen hörte ich gern auf den Rat von Leuten, die keine hohe Bildung, dafür aber eine Menge Erfahrung hatten. Außerdem waren meine Haare in den letzten zwei Monaten erstaunlich gewachsen. Ich sah aus wie Robinson Crusoe, kurz bevor er von seiner Insel gerettet wurde.

Also stieg ich an meinem letzten freien Tag aufs Fahrrad und zog los Richtung Herrn Antons Friseursalon. Ich musste quer durch die ganze Stadt fahren, weil Herr Anton seinen Laden bei Schönbrunn hatte, aber das machte nichts. Im Gegenteil, ich war schon ewig nicht mehr durch die Stadt gefahren und freute mich darauf wie auf einen Sonntagsausflug. Ich nahm den Weg vom Praterstern in die Stadt hinein und passierte die Urania, dann kam ich zum Ring, der nichts anderes als ein Kreis war und auf den man sozusagen zur Ablenkung das Parlament, das Rathaus und die Museen gebaut hatte.

Ich trat ordentlich in die Pedale. Beim Musikverein wurde ich langsamer, weil ich Lust bekam, ein paar Wirkungsstätten aus meiner Vergangenheit anzusehen. Es würde mich keine Zeit kosten, denn ich wollte nur einen Blick darauf werfen, ohne vom Fahrrad abzusteigen. Als Erstes kam die HAK, die gleich um die Ecke lag. Schon aus der Ferne erkannte ich, dass sich diese Schule überhaupt nicht verändert hatte in den vergangenen siebzehn Jahren. Die Fenster waren noch immer vergittert, und über dem Eingang hing immer noch das Logo »Sie haben die Zukunft, und wir liefern dazu die Garantie«. Ich hatte selten eine so gemeine Schule besucht. Die Lehrer drangsalierten einen, sobald man auch nur ein wenig aus der Reihe tanzte. Ich hatte es mir dort mit dem Ausspruch verscherzt: »Geld ist nur Papier, und daher würde es niemand auf eine einsame Insel mitnehmen, sondern ein Schwein oder eine Kuh.« Von da an waren meine Tage auf der HAK gezählt. Dass daraus doch noch zwei Jahre wurden, war wirklich ein Wunder. Eigentlich hatte ich aus dieser Zeit nur eine gute Erinnerung. Und zwar an ein Mädchen namens Irene, das aus einer Fabrikantenfamilie kam, die Wachauer Marillenlikör produzierte. Sie versorgte mich damit regelmäßig, weil sie fürchtete, ich würde mir etwas antun.

Wie gern würde ich ein Gläschen mit dir auf die alten Zeiten heben, Irene, dachte ich und warf einen letzten Blick in den Stock, wo mein ehemaliges Klassenzimmer war. Vermutlich wurde dort gerade eine neue Generation von Managern herangezüchtet.

Ich radelte weiter über den Karlsplatz Richtung Pilgramgasse, wo schon meine nächste Wirkungsstätte in Sicht kam. Ein Würstchenstand, in dem ich täglich bis in die Nacht Frankfurter und Käsekreiner verkauft hatte. Es war mein erster Job gewesen.

Ich traute meinen Augen nicht. Der Stand war immer noch da, nur dass er sich in einen Kebab verwandelt hatte. Einige Kunden kauften gerade etwas ein und redeten türkisch mit dem Verkäufer. Ich musste an meine alte Kundschaft denken, die aus kräftig gebauten Männern bestand, die unweit am Gürtel ihre Etablissements betrieben. Einem von ihnen fehlte die rechte Hand, und wir führten oft lange philosophische Gespräche über fehlende Körperteile. Er tat nämlich immer so, als wäre seine rechte Hand immer noch da, und wenn ihn jemand darauf ansprach, griff er ihm sofort an die Gurgel: »Frag das noch mal, und du wirst mit meiner unsichtbaren Hand Bekanntschaft machen.« Ich gab ihm zu den Frankfurtern immer Messer und Gabel, worauf er mich mit einem fürstlichen Trinkgeld belohnte.

Nach der Pilgramgasse kam ich in eine der Straßen, die nach Schönbrunn führten. Mein letzter Abstecher führte zum Schönbrunner Zoo, wo ich einmal Tierwärter gewesen war. Mir wurde richtig warm ums Herz, als ich hinter dem Zaun mein altes Paviangehege erkannte. Ich hatte dort vier Monate Paviane mit Broccoli und Bananen versorgt. Es gab wahrlich keine hinterhältigeren Tiere im ganzen Zoo als sie. Sie hatten mit allen Mitteln versucht, mich aus ihrem Käfig zu ekeln, und sie waren wirklich einfallsreich. Sie hätten bestimmt auch einen Denunziantenbrief an die Direktion geschrieben, wenn sie des Schreibens mächtig gewesen wären. Irgendwann kam ich zufällig darauf, dass sie besonders sensibel auf Polnisch reagierten. Sobald ich etwas auf Polnisch sagte, erstarrten sie und lauschten. Keine andere Sprache hatte so eine Wirkung auf sie. Von da an erzählte ich ihnen auf Polnisch von meinem Leben, meiner Mutter und wie ich nach Wien gekommen war. Sie bildeten hypnotisiert einen Kreis um mich. Man hätte ihnen währenddessen die Zähne ziehen können, sie hätten es nicht bemerkt. Nach mir kam ein Student aus Kärnten, er hielt nur eine Woche durch.

Ich fragte mich, wie lange Paviane eigentlich lebten. Wenn sie so lange lebten wie ein Mensch, könnte ich sie bald mal wieder besuchen gehen und ihnen auf Polnisch erzählen, was inzwischen so passiert war. Sie würden sich sicher nicht langweilen.

Durch diesen letzten Abstecher kam ich zu spät zu Herrn Anton. Als ich eintrat, erwartete er mich verärgert in seinem Friseurstuhl. Er hasste unpünktliche Menschen. Er schaute mich von oben bis unten an. Nur meine Haare beachtete er aus Protest mit keinem Blick.

»Wo haben Sie gesteckt, Herr Ludwik?«, sprach er mich gereizt an. Dann stand er auf und befahl mir, den Platz mit ihm zu tauschen.

»Ich habe noch eine Extrarunde gedreht und dabei die Uhr aus den Augen verloren. Tut mir leid«, entschuldigte ich mich, während ich im Friseurstuhl Platz nahm.

»Entschuldigung akzeptiert. Aber ich meinte nicht nur, wo Sie in den letzten fünfzehn Minuten waren, sondern überhaupt die letzten zwei Monate.« Er band mir den grünen Frisierumhang um und griff nach der Schere.

»In einem Altersheim«, antwortete ich. »Ich mache gerade dort Zivildienst.«

»Ein Altersheim?«, fragte er. »Na, dann sollte ich vielleicht auch in eins gehen, wenn dort die Haare so gut wachsen. Schauen Sie sich das nur an. Die sind so lang wie meine Telefonrechnung.«

Ich blickte in den Spiegel. Er hatte recht. Darin kamen mir meine Haare noch länger vor als bei mir zu Hause. Besaß er einen Spezialspiegel?

»Lassen Sie mich schleunigst diese zwei Monate kürzen, sonst trifft mich der Schlag«, rief er, und schon nach wenigen Augenblicken war der Boden von meinem Haar bedeckt.

Herr Anton machte schweigend ein paar Minuten so weiter, bis er seine Stimme wiederfand.

»Und? Erzählen Sie ein bisschen«, forderte er mich auf. »Wie läuft es in so einem Altersheim?«

Er konnte niemandem lange böse sein. Sein Ärger hatte immer die Halbwertzeit von Sekundenbruchteilen.

»Sie wissen schon. Das Übliche«, sagte ich. »Viele alte Leute, und alles findet in Zeitlupe statt.«

Ich wollte nicht gleich mit der Tür ins Haus fallen. Er sollte nicht den Eindruck bekommen, ich sei hier nicht wegen seiner Frisierkunst, sondern um mich von ihm beraten zu lassen.

»Das kann ich mir schon denken, dass die Greise dort nicht durch die Gänge galoppieren«, sagte er. »Aber sicher gibt es da auch ein paar lustige Momente. Die meisten alten Menschen sind doch Clowns.«

»Lustig nicht so, aber komisch«, stimmte ich zu und schilderte ihm ein paar Szenen aus dem Restaurant der »Weißen Tulpe«. »Und die Schwestern sind auch sehr humorvoll«, ergänze ich, weil Herr Anton eine Schwäche für Frauen hatte.

»Das klingt ja, als wären Sie im Paradies gelandet. Was beschweren Sie sich da noch?«

»Ich beschwere mich nicht, im Gegenteil. Ich bin wirklich verblüfft, wie gut es dort läuft. Es läuft so gut, dass ich in einer richtigen Zwickmühle stecke.«

»Zwickmühle?« Er horchte auf. »Was meinen Sie damit?«

»Ich weiß nicht, es ist persönlich. Ich will Sie nicht damit belästigen«, sagte ich.

»Persönlich?«, regte er sich auf. »Ich schneide Ihnen die Haare, seit ich noch selber welche hatte. Noch persönlicher kann es doch kaum werden. Also raus mit der Sprache! Wo drückt der Schuh?«

»Es geht darum, dass ich nicht erwartet hätte, wie gut sich ein Altersheim auf mich auswirkt. Das ist mir, ehrlich gesagt, suspekt. Irgendwas stimmt nicht mit mir.«

»Das ist alles? Das ist Ihre Zwickmühle?«

»Nein, das ist erst die Einleitung. Die Hauptfrage lautet, ob ich dort länger bleiben soll oder zurück in mein altes Leben? Ich habe einen guten Job als Heizungsableser.«

»Und ich dachte, Sie würden was Schwieriges fragen. Zum Beispiel, wie viele Einwohner Hongkong hat, oder wie dieser chinesische Fisch heißt, der singen kann. Ihre Frage ist eine einfache Frage. Meine Antwort lautet: Ich weiß es nicht, aber das ist auch egal. Denn ich weiß, wie Sie selber die Antwort finden.«

»Und wie?«

»Eins ist sicher, nachdenken und philosophieren

bringt Sie nicht weiter. Sie müssen einen richtigen Frühjahrsputz machen.«

»Frühjahrsputz? Ich soll zu Hause aufräumen, um den Kopf freizubekommen?«

Herr Anton hob die Schere in die Luft, als wollte er meine Dummheit in kleine Stücke schneiden.

»Ich rede nicht vom Staubsaugen. Meine Güte, wo haben Sie das nur wieder aufgeschnappt.« Er ging kurzfristig an die Decke. »Ich rede davon, alte Sachen in Ordnung zu bringen. Den Ballast abwerfen, um den Kopf freizubekommen.«

»Ballast abwerfen?«

»So und nicht anders. Als ich mich entscheiden musste zwischen dem Friseur oder Rauchfangkehrer, habe ich auch vorher Ballast abgeworfen. Und wissen Sie, wie? Ich ließ einmal in der Hauptschule einem Schulkameraden einen Taschenrechner mitgehen. Er bestand daraufhin die Mathematikschularbeit nicht und fiel durch. Das ließ mich nicht mehr los. Fünfzehn Jahre später suchte ich ihn auf und gab ihm dieses Ding zurück. Er erkannte mich nicht einmal und hielt mich für einen Verrückten. Aber seitdem geht es mir besser. Verstehen Sie, was ich sagen will?«

»Nicht ganz.«

»Ich habe den Ballast abgeworfen. Und zwar den richtigen. Das ist die Kunst. Nie im Leben hätte ich gedacht, dass es ein dummer Taschenrechner war, der mir nach Jahren noch den Schlaf raubte. Es gab schwerere Kaliber, die ich auf dem Gewissen hatte. Aber als das mit dem Rechner erledigt war, traf ich die richtige Entscheidung. Und jetzt? Sehen Sie sich Ihre Frisur an.

Würde ein Rauchfangkehrer so etwas Hübsches zusammenbringen?«

»Wohl kaum«, gab ich zu. »Und das funktioniert?«

»Besser als mein Föhn. Und den habe ich schon seit zwanzig Jahren. Probieren Sie es doch aus, Sie werden sich wundern.«

»Danke, Herr Anton«, sagte ich zu seinem Spiegelbild, das vor mir schwebte. »Ich werde über Ihren Vorschlag nachdenken.«

»Tun Sie das. Und halten Sie jetzt still, sonst könnte ich mich vergessen und Ihnen ein Ohr abschneiden. Und dann werden Sie wissen, was wirkliche Probleme sind.«

Ich verstummte, und mir wurde soeben klar, dass mein Besuch bei Herrn Anton ein voller Erfolg war. Er hatte mir nicht nur gerade einen erstklassigen Haarschnitt gemacht, sondern mich auch auf eine Idee gebracht. Und zwar eine, die so revolutionär war, dass ich selbst nicht einmal in Jahren darauf gekommen wäre. Ja, vielleicht nicht einmal dann, wenn ich selbst bereits eine Glatze hatte.

23

Als Herr Anton den Satz »man muss Ballast abwerfen« ausgesprochen hatte, bekam ich eine Erleuchtung. Wenn Herr Anton seinen Ballast auf diese Art abwerfen konnte, warum sollte ich das nicht auch versuchen? Ich musste weder die richtige Person ausfindig machen, noch einen alten Taschenrechner finden. Mein Ballast war in unmittelbarer Nähe. Die fragliche Person war nur einen Anruf entfernt, und der richtige Gegenstand, der sozusagen von der Vergangenheit in die Gegenwart reichte, lag bei mir zu Hause.

Ich holte diesen Gegenstand aus einer Kiste mit Andenken aus meiner Kindheit. Es war ein quadratisches Stück Papier, das ich in einer Metalldose aufbewahrte. Mein Puls schlug höher, denn ich hatte sie schon viele Jahre nicht gesehen. Ich nahm die Dose vorsichtig aus der Kiste und packte noch ein Feuerzeug hinein. Dann meldete ich telefonisch der fraglichen Person, dass ich in einer halben Stunde da sein würde, und stieg aufs Fahrrad.

Wenig später klopfte ich dann an ihre Tür, die sich gleich öffnete. »Du bist zehn Minuten zu früh. Schließ die Tür, und folge mir«, sagte meine Mutter und ging voraus in die Küche. Ich sah mich feierlich um, als wäre ich zum ersten Mal in meinem Leben in ihrer Wohnung. In gewissem Sinn war ich es auch.

»Du hast mich mit deinem Anruf überrascht. Ist etwas passiert?«, fragte sie.

»Ich hatte Lust auf eine Extraportion Palatschinken«, sagte ich. Ich wollte etwas warten, bevor ich mit meiner Zeremonie begann. Dass es eine Zeremonie werden würde, war sicher wie das Amen im Gebet.

»Na, dann bist du an der richtigen Adresse«, freute sich meine Mutter und nahm die erste Palatschinke in Angriff. Ich betrachtete sie und fragte mich, wie viele sie schon im Leben für mich gemacht hatte. Es mussten Tausende sein. Wie war das möglich, dass ich noch nicht den Appetit daran verloren hatte? Und wie war es möglich, dass sie nicht die Lust verlor, mir welche zu braten?

»Irgendwelche Neuigkeiten?«, erkundigte ich mich, als die erste Palatschinke auf meinem Teller landete.

»Allerdings. Und sogar gute. Es geht um Mariola.«

»Mariola?«

»Ja, Mariola. Du weißt noch, wer sie ist? Sag nur, du hast sie schon vergessen?«

»Keinesfalls. Was ist mir ihr?«

»Alles bestens. Sie hat sich mit ihrem Freund versöhnt. Sie sagte, du hättest ihr die Augen geöffnet. Ich hatte keine Ahnung, dass du so ein guter Psychologe bist.«

»Ich auch nicht.«

»Na, jedenfalls scheint wieder alles gut zu laufen für sie. Wer weiß, vielleicht wird doch noch was Ernstes daraus. Das wäre doch schön. Jemand hat wieder jemanden gefunden.«

Das war ein Wink mit dem Zaunpfahl. Die ganze

Welt fand zueinander. Nur ihr Sohn fand niemanden.

»Bei mir gibt es auch Neuigkeiten«, sagte ich. »Es hat sich in den letzten Tagen was Interessantes ergeben. Dr. Ring hat mir ein Angebot gemacht.«

»Dieser Totengräber mit Alkoholproblem? Was kann der dir schon bieten?«, fragte sie.

»Einiges. Er will zum Beispiel, dass ich weiter als Krankenpfleger arbeite. Und wer weiß, vielleicht werde ich eines Tages selber Direktor.«

»Ein Direktor von Greisen. Das ist doch nicht dein Ernst, oder? Du weißt, was ich von diesem Altersheim halte.«

»Schon, und trotzdem sollte Mama der ›Weißen Tulpe‹ gegenüber nicht so ablehnend sein. Sie hat mir viel beigebracht.«

»Tatsächlich?«

»Zum Beispiel, dass wir die ganze Zeit auf einer dünnen Eisscholle mit schweren Gewichten in der Hand balancieren. Und dass diese Gewichte einen irgendwann unter Wasser ziehen, wenn man sie nicht rechtzeitig über Bord wirft. Und dass das letzten Endes leichter ist, als man glaubt.«

»Ach wirklich? Und ich dachte, das sei das Schwierigste auf der Welt.«

»Nicht wenn man den richtigen Ort und Zeitpunkt gefunden hat. Dann ist es ein Kinderspiel.«

»Langsam verstehe ich nicht mehr, wovon du eigentlich redest.«

»Dann sollte sich Mama jetzt setzen, damit ich es es zeigen kann.«

»Was? Jetzt gleich?«

»Ja, jetzt gleich.«

Ich sagte das mit so einem Nachdruck, dass sie mich verblüfft ansah. Dann kam sie an den Tisch und setzte sich.

»Ich möchte jetzt ein Zauberkunststück vorführen. Dafür braucht man eine Requisite und eine Assistentin.« Ich zog die Metalldose hervor, öffnete sie und gab meiner Mutter das Papier.

»Würde Mama vorlesen, was darauf steht?«

Sie setzte sich die Brille auf und nahm das Papier in die Hand. Dann las sie laut: »›Schnellbahn Linie 2. 7. August 1984.‹«

Sie rief verblüfft: »Aber das ist ein Fahrschein für unsere Schnellbahn in Warschau! Der ist schon zweiundzwanzig Jahre alt.«

»Und er ist noch nicht entwertet«, ergänzte ich.

Sie drehte ihn um. »Stimmt. Woher hast du ihn?«

»Von Großvater. Er hat ihn mir für meine Rückkehr aus Wien gekauft. Erinnert sich Mama? Ich bin nur für eine Woche gekommen, aber Mama hat meinen Pass versteckt, mich gegen meinen Willen hier in die Schule gesteckt, und so wurden aus einer Woche zweiundzwanzig Jahre. Ich habe ein ganzes Jahr darum gebettelt, zurückkehren zu dürfen. Das hat mein Leben für immer verändert.«

Meine Mutter lehnte sich zurück und nahm die Brille ab.

»Du wirst es mir niemals verzeihen, oder? Wir müssen wohl beide erst tot sein, bis das aus der Welt ist.«

»Das Zauberstück ist noch nicht beendet«, sagte

ich und nahm ihr den Fahrschein vorsichtig aus der Hand.

Dann zog ich das Feuerzeug aus der Tasche und verkündete:

»Mama soll jetzt genau hinschauen, denn ein zweites Mal bekomme ich das bestimmt nicht hin.«

Ich machte das Feuerzeug an und hielt den Fahrschein in die Flamme. Sie griff schnell auf das alte Papier über und verwandelte es in wenigen Augenblicken zu Asche, die neben der Palatschinke auf dem Tisch landete.

»Das nennt man einen Frühjahrsputz«, sagte ich. »Wie hat es Mama gefallen?«

Meine Mutter sah aus wie jemand, der zwar alles mit angesehen, aber nichts verstanden hatte. Sie schaute abwechselnd auf das Feuerzeug und die Asche. Und als ich schon dachte, wir würden so lange sitzen, bis die Dunkelheit über uns hereinbrach, tat sie etwas, was ich noch nie erlebt hatte: Sie griff nach meinem Teller und fing an, meine Palatschinke zu essen. Sie, die Palatschinken nicht ausstehen konnte und mir seit so vielen Jahren nur deshalb welche machte, um meine Großmutter zu ersetzen, aß selber eine. Es sah aus, als versuchte sie damit ihre Gewissensbisse aufzuessen, die sie schon so lange plagten. Ich schob ihr die Marmelade hinüber und sagte: »Damit geht es leichter. Das ist echte Wachauer Marille.«

24

Ich stieg aus dem Bett und öffnete das Fenster. Dann sah ich hinaus und lauschte, ob jemand da war, der mich an dem hindern konnte, was ich vorhatte. Aber ich hörte nur den Wind in den Bäumen und den seltsamen Vogel, der vor ein paar Wochen in unserem Garten eingezogen war und nachts einen hohen Laut von sich gab. Ich stieg aus dem Fenster, griff nach dem Ast der Trauerweide, die vor unserem Haus wuchs, und kletterte hinunter. Ich beeilte mich, denn dieser Baum war dafür bekannt, dass er einen angenehm müde machte, so müde, dass ich in seinen Ästen schon ein paarmal eingeschlafen war. Als ich heil unten ankam, sprang ich ins Gras und lief lautlos am Schlafzimmer meiner Großeltern vorbei. Sie schliefen noch nicht und besprachen Dinge, zu denen sie tagsüber nicht gekommen waren oder die zu besprechen sie nicht den Mut gehabt hatten. Erst als ich auf der Straße war, wurde ich langsamer. Mein Ziel war der Fluss, und dazu musste ich durch den ganzen Ort laufen. Ich durchquerte zuerst das Viertel, wo Leute wohnten, die regelmäßig zur Arbeit gingen, und wo das Licht nicht mehr brannte. Am Rande dieses Viertels kam das Haus einer alten Gänsezüchterin, die seit Wochen im Sterben lag, aber noch immer nicht tot war. Ich schlich hinüber zu ihrem Fenster, in dem noch schwaches

Licht brannte, und warf einen Blick hinein. So wie schon vor einer Woche lag in dem kleinen Raum auf einem Holzbett die alte Gänsezüchterin und vollführte im Schein der Nachttischlampe eine Handbewegung, als würde sie auf dem Plafond einen Kreis malen. Auf ihr lag eine riesige Daunendecke, die mit den Federn ihrer Gänse gefüllt war. Ich wunderte mich immer wieder, wie sie es so weit hatte kommen lassen können. Der Tod widerfuhr nur Leuten, die unaufmerksam waren oder etwas Falsches getan hatten, so wie der Hausierer, der unüberlegt über die Straße gegangen und unter einen Lkw geraten war. Aber die Gänsezüchterin war die aufmerksamste Person im ganzen Ort. Wenn ihre Gänse die Straße überquerten, stellte sie sich auf eine Bank oder eine Anhöhe, um schon aus der Ferne zu erkennen, ob nicht ein Auto kam oder sonst etwas ihren Gänsen gefährlich werden konnte.

Jetzt musste sie etwas falsch gemacht haben.

Plötzlich spürte ich, wie mich etwas am Bein berührte. Es war die Lieblingsgans der Züchterin, die offenbar nicht schlafen konnte. Sie scharrte im Gras und streckte den Hals zum Zeichen, dass sie auch sehen wollte, wie es ihrer Herrin ging. Ich hob sie hoch und setzte sie aufs Fensterbrett, damit sie sich mit eigenen Augen davon überzeugen konnte, dass alles in Ordnung war und dass ihre Herrin, obwohl dem Tod nahe, immer noch lebte und vielleicht sogar bald gesund werden würde.

Dann lief ich weiter, bis der Fluss in Sichtweite kam und damit endlich auch mein Ziel. Es gab eine Stelle am Ufer, wo Hunderte weiße Steine lagen, die wie prähistorische Eier aus dem Boden ragten. Niemand wusste, wer sie hergebracht hatte, aber, was noch verblüffender war, niemand machte sich darüber Gedanken, warum sie ein Muster in Form eines fliegenden Vogels bildeten. Diese Steine waren ein ideales Versteck, weil sie alle identisch aussahen und keiner von den Erwachsenen sie auseinanderhalten konnte. Unter dem Stein, der das rechte Auge im Muster des fliegenden Vogels markierte, hatte ich etwas versteckt, das so außergewöhnlich war, dass ich es niemals hätte zu Hause aufbewahren können. Es war das Wertvollste, was ich besaß, wenn man von den Schuhen absah, die mein Großvater letztes Jahr für mich gemacht hatte. Ich ging zu meinem Stein und versicherte mich noch einmal, dass ich wirklich ganz allein war. Dann rollte ich ihn zur Seite und erblickte meinen Schatz. Er war in eine dunkelblaue Zellophanfolie mit Sternenmuster eingewickelt. Ich hatte sie von einer Bonbonniere abgelöst, die ich zum zehnten Geburtstag bekommen hatte. Ich wickelte sie ab, und eine Streichholzschachtel kam zum Vorschein. Sie sah aus wie eine gewöhnliche Streichholzschachtel, aber es war keine gewöhnliche Streichholzschachtel. Ich hatte sie ein Jahr zuvor auf der Straße gefunden und gleich erkannt, dass sie nicht aus unserem Ort, ja nicht einmal aus unserem Land und vielleicht sogar nicht einmal aus Europa stammte. Auch die Streichhölzer sahen aus, als wären sie gemacht worden, um Zigaretten anzuzünden oder Feuer im Ofen zu machen, in Wirklichkeit besaßen sie die Fähigkeit, ein Problem ein für alle Mal aus der Welt zu schaffen. Ich kam darauf, als ich aus Verzweiflung ein Streichholz anzündete, weil ich in der Schule durchzufallen drohte. Ich wiederholte so lange die Worte: »Ich werde nicht sitzen bleiben, ich werde nicht sitzen bleiben«, bis die Flamme meine Finger erreichte und ich vor Schmerzen Tränen in den Augen hatte. Am nächsten Tag passierte ein Wunder, und ich wurde doch in die nächste Klasse aufgenommen. Von da an wusste ich, welche Macht in diesen Streichhölzern steckte, und holte sie nur dann hervor, wenn etwas sehr Wichtiges erledigt werden musste und nichts anderes mehr half.

Und nun war es wieder so weit. Ich musste etwas aus der Welt schaffen. Als ich an jenem Mittag gemeinsam mit meinem Großvater am Ufer gestanden und Steine gegen den Bahnhof geworfen hatte, hörte ich, wie er zum ersten Mal das Wort Zukunft rief. Ich wusste nicht, was das war, aber ich sah, dass mein Großvater blass wurde und große Angst bekam. Dabei hatte er sich bis dahin nicht einmal vor den beiden Verbrechern gefürchtet, die in dem Jahr zuvor in der Nachbarschaft einen Kaninchenstall geplündert hatten. Er fürchtete sich nicht einmal vor dem Typhus, vor dem jeder im Ort Angst hatte, ja, er hatte sich nicht einmal vor dem Zweiten Weltkrieg gefürchtet. Die Zukunft musste um vieles schlimmer sein, wenn er schon bei ihrem bloßen Namen erblasste und zu Steinen griff.

Ich holte ein neues Streichholz heraus und zündete es an. Dann hielt ich es hoch in die Dunkelheit und sagte langsam und mit Nachdruck: »Ab heute wird die Zukunft für alle Zeiten um unser Haus und meine

Großeltern einen Bogen machen. Sie wird niemanden, weder unseren Tieren noch den Nachbarn, Schaden zufügen. Und mir wird sie auch nicht wehtun. Das wird hier und jetzt für immer beschlossen.«

Die Flamme wanderte langsam das Streichholz herunter und erreichte meine Finger. Ich spürte den Schmerz, aber ich ließ nicht los. Ich hielt das Streichholz so lange fest, bis es zu Asche wurde und auf den Boden fiel. Dann wischte ich mir die Tränen ab und steckte die Streichholzschachtel wieder ein. Schließlich sah ich mich triumphierend um und atmete zufrieden die Luft ein. Genauso wie die Arbeiter aus der Ziegelfabrik nach Feierabend die Luft einatmeten zum Zeichen, dass sie etwas Wichtiges erledigt hatten und sich keine Sorgen mehr machen mussten. Dann versteckte ich die Zündhölzer wieder und lief nach Hause. Aber bevor ich in mein Zimmer kletterte, sah ich hinauf zu den Sternen, hob die Hand, als wären die Sterne Birnen in unserem Garten, nach denen ich greifen konnte, und rief leise: »Eines Tages werde ich euch alle in meine Tasche stecken, und dann werdet ihr mir gehören.« Erst dann stieg ich zurück in mein Zimmer und legte mich ins Bett.

25

Werter Ingenieur Wasserbrand,

so wie es aussieht, mache ich alles zu spät. In diesem Fall jedoch buchstäblich auf die letzte Minute. Es ist so weit, heute ist mein letzter Tag als Zivildiener in der »Weißen Tulpe«, und genau genommen, fehlen noch fünfundfünfzig Minuten, bis ich meine Uniform zum letzten Mal ausziehe und an den Nagel hänge. Ich wüsste nicht, wie ich diese Stunde besser nutzen könnte, als Ihnen einen letzten Bericht zu erstatten. Ich erspare Ihnen die Ereignisse der letzten Tage, die es in sich hatten, ich will mich auch nicht mal über meine Fortschritte in puncto Schönheit ausbreiten, denn das alles kann warten.

Was aber nicht warten kann, ist, Ihnen die Unterredung mit Dr. Ring zu schildern, von der ich gerade zurückgekommen bin. Sie wissen, dass er hier der Direktor und Arzt in einer Person ist, und obendrein jemand, der Ihnen bestimmt gefallen würde. Ich weiß nicht, ob er viel von Otis Redding versteht, aber ganz sicher weiß er, wie man seinen Untergebenen verlockende Arbeitsangebote unterbreitet. Ich wollte es Ihnen schon viel früher beichten, aber er hat mir kürzlich das Angebot gemacht, in der »Weißen Tulpe« zu bleiben und mit einem großzügigen Gehalt als Krankenpfleger weiterzumachen.

Bevor Sie mich jetzt als Verräter und weiß Gott noch was abstempeln, hören Sie sich an, wie mein Treffen mit ihm abgelaufen ist.

Vor zwei Stunden suchte ich sein Büro auf, um ihm meine Entscheidung mitzuteilen. Er bot mir wie immer diesen desolaten Stuhl an, der wundersamerweise jedes Mal mein Gewicht aushält, und goss mir ein Gläschen Sliwowitz ein. Das soll keine Anspielung sein, aber dieser Mann versteht mit seinen Untergebenen umzugehen, das ist unbestritten. Nachdem wir unser Gläschen gekippt und ein paar Nettigkeiten ausgetauscht hatten, kam er zur Sache:

»Bevor Sie mir gestehen, wie Sie sich entschieden haben, Herr Wiewurka, muss ich Ihnen unbedingt noch sagen, wie gut Sie aussehen«, sagte er. »Verstehen Sie mich nicht falsch. Als Sie hier anfingen, waren Sie ein blasser, gestresster Zivildiener, der bei jedem Geräusch aufschreckte. Jetzt sehe ich einen ausgeruhten, fröhlichen Mann vor mir, der in sich ruht.«

»Danke, Herr Direktor. Aber das macht mein neuer Haarschnitt. Und ich fahre auch viel mehr mit dem Fahrrad, seit ich in der ›Weißen Tulpe‹ arbeite.«

Dr. Ring lachte: »Und Ihr Sinn für Humor hat auch eine Auffrischung erfahren. Ich glaube, wir wissen beide, worauf ich hinauswill, nicht wahr? Ich will hier und jetzt hören, dass Sie die richtige Entscheidung getroffen haben.«

»Und das habe ich auch. Ihr Angebot ist nicht nur verlockend, was das Gehalt und die Karriereaussichten angeht. Niemand würde lieber auf Ihrem Sessel sitzen als ich. Aber vor allem hat mir das gefallen, was Sie über die Gravitation gesagt haben und darüber, wie gut mir diese Vergänglichkeit tut, die einen hier umgibt. Auch wenn das für Außenstehende krank aussehen könnte.«

»Das braucht uns nicht zu kümmern«, beruhigte mich Dr. Ring. »Als Arzt weiß ich am besten, dass Krankheit etwas Relatives ist. Manchmal kann man sogar einen Kranken nicht von einem Gesunden unterscheiden.«

»Worauf ich hinauswill«, ließ ich mich nicht beirren, »ist, dass das, was mir hier so guttut, sich irgendwann gegen mich wenden könnte. Ich fürchte, ich könnte irgendwann die Welt da draußen aus den Augen verlieren. Und ich spüre, dass das nicht gut für mich wäre.«

»Wir meinen doch nicht dieselbe Welt, oder? Wenn ja, dann ist das ein Argument mehr, um hierzubleiben. Sie wissen selbst genau, was sich da draußen gerade jetzt tut.«

Er zeigte auf das Fenster in seinem Rücken. »Dort läuft bereits ein neuer Menschenschlag herum, der Ihnen bestenfalls bei der Erstellung Ihres Internetprofils helfen kann. Aber bestimmt nicht dabei, ein Zuhause zu finden.«

»Und das ist der nächste Punkt«, hakte ich ein, »die ›Weiße Tulpe‹ wäre nur ein vermeintliches Zuhause. Es wäre ein Raum, wo alles stillsteht.«

»Das ist jetzt aber eine ungerechte Bezeichnung für ein Haus, in dem Sie so viel erlebt haben, finden Sie nicht?«

»Es ist viel los, und ich habe viel erlebt, das stimmt.

Aber es ist alles nur wie in einem Theaterstück mit den immer gleichen Schauspielern und dem immer gleichen Drehbuch. Ich würde hier keine Anstellung bekommen, sondern in Wahrheit eine Rolle, die sich nie mehr ändern würde.«

»Als ob es nicht genug Rollen und Theaterstücke da draußen gäbe, die Ihnen schaden könnten. Aber ich will jetzt nicht ins Philosophieren geraten, Wiewurka. Ich entnehme Ihrem Ton, dass Sie nicht hierbleiben wollen. Wenn es wirklich so ist, dann will ich ein gutes Argument von Ihnen hören. Was Sie bis jetzt gesagt haben, überzeugt mich nicht.«

»Würden Sie auch ein pathetisches Argument akzeptieren?«

»Wenn es gut ist. Warum nicht?«

»Sie kennen ja meine Akte, besser als sonst jemand hier. Sie wissen, woraus ich gemacht bin. Sie haben mich mit einem abgewrackten Auto verglichen, das zu früh aus der Garage gefahren ist. Das war ein sehr schmeichelhafter Vergleich. Ich komme mir eher vor wie eine trübe Suppe, die ein paar betrunkene Köche gekocht haben. Es wird endlich Zeit, dass ich mich selbst würze und salze. Und das kann ich nun mal nur da draußen tun.«

»Sie haben recht. Das ist ein pathetisches Argument.«

Er verstummte und nahm einen Schluck von seinem Gläschen. Ich hatte noch nie jemanden gesehen, der so lang an etwas so Kleinem nippen konnte. Schließlich sagte er:

»Trotzdem versuche ich, Ihre Entscheidung zu akzeptieren. Auch wenn es mir schwerfällt. Ich habe Sie wirklich ins Herz geschlossen, ohne zu wissen, wann und warum. Vielleicht weil ich nie einen Sohn hatte, um selbst pathetisch zu werden. Aber glauben Sie nicht, dass ich mich geschlagen gebe. Die Tür der ›Weißen Tulpe‹ steht Ihnen immer offen. Und mit immer meine ich die paar Jährchen, die ich noch hier sein werde.«

»Danke, Herr Direktor. Niemand kann die ›Weiße Tulpe‹ aus meinem Gedächtnis radieren. Ich werde schon allein wegen Ihrer freundlichen Spirituose kommen.«

»Sie werden gefälligst selbst eine mitbringen. Ein bisschen Strafe muss sein. Also, noch einmal. Sie gehen?«

»Ich muss. Ich habe es meinem Chef, Ingenieur Wasserbrand, versprochen. Und diese Ableserei bekommt mir irgendwie. Schon als Kind war ich immer auf den Beinen. Ich musste immer irgendwohin laufen. Ich brauche einfach die Bewegung, und wenn es auch nur die Rennerei von Tür zu Tür ist.«

»Also einmal Ableser, immer Ableser?«

»Dieser Spruch würde Ingenieur Wasserbrand sicher gut gefallen.«

»Bringen Sie ihn doch mal mit. Ich könnte mir vorstellen, er mag auch Sliwowitz.«

»Das nehme ich stark an.«

»Dann bleibt noch eins: ein gelungener Abschied.« Dr. Ring stand auf und gab mir zum Abschied die Hand. Ich drückte sie, und dann klopften wir uns gegenseitig auf die Schultern.

Wenig später stand ich draußen vor seinem Büro, warf noch einen Blick auf die Tür und ging schließlich in meinen Ruheraum, um Ihnen alles zu berichten. Aber zuvor stellte ich mich ans Fenster und ließ noch einmal die letzten drei Monate Revue passieren. So, wie ich es beim Ablesen nach Feierabend gelernt hatte. Da ließ ich auch den ganzen Tag Revue passieren und hakte ihn ab, damit er mich nicht mehr im Schlaf stören konnte. Ich ließ also das Gespräch mit Dr. Ring noch einmal ablaufen und die übrigen Tage in der »Weißen Tulpe«, insbesondere die, die turbulent verlaufen waren. Ich erinnerte mich, wie der Gipfeldieb mir den Gipfel geschenkt und wie ich mich in der Militärkommission zum Clown gemacht hatte. Und zum Schluss sah ich wieder den Esel, dem ich seinerzeit im achten Stock begegnet war. In diesem Moment wurde mir klar, dass ich in diesem Altersheim auf irgendeine unerklärliche Art die Angst vor dem überwunden hatte, was noch kommen würde.

Sie müssen wissen, dass ich die Zukunft schon immer suspekt fand. In der Kindheit fürchtete ich sie wie den Teufel, an dessen Existenz ich damals felsenfest glaubte. Und damals kamen mir diese Abertausende Tage, die noch vor mir lagen, vor wie Millionen, die ich bestimmt verschleudern oder falsch anlegen würde. Ich bewunderte meinen Großvater mit seinen achtzig Jahren, wie er da vor dem Haus saß und wirkte, als hätte er einmal eine große Firma in den Konkurs gefahren und sich jetzt freute, dass er so eine große Pleite gut überstanden hatte.

Diese Angst war jetzt irgendwo unter den Tulpianern zwischen dem Restaurant und dem Casino verloren gegangen. Vielleicht wegen der Vergänglichkeit, die dort laut Dr. Ring so wohlwollend in der Luft schwebt. Vielleicht weil es nicht mehr so viele Tage sind wie bei einem Zwölfjährigen, die vor mir liegen, oder vielleicht weil ich einfach erkannt habe, was man alles damit anfangen kann.

Und um Ihnen zu beweisen, dass ich jetzt keine Angst mehr vor der Zukunft habe, werde ich eines Tages, vielleicht nicht heute oder morgen, aber schon bald, diesen Bericht zu meinem ersten Bericht legen, die beiden in einen Umschlag stecken und sie dort hinschicken, wo sie hingehören. Nämlich zu Ihnen.

Ich hätte das Ganze niemals überstanden, wenn ich es Ihnen nicht berichtet hätte. Jeder braucht einen Beichtstuhl oder eine Adresse, an die er sich wenden kann. Das ist ein Naturgesetz. Aber nicht jeder findet den Mut, den Umschlag auch in den Briefkasten zu werfen. Noch nicht jedenfalls.

Und jetzt wird es Zeit für mich. Die Uhr zeigt fünf, und ich gehe jetzt hinunter in die Garderobe. Sobald ich meine Uniform an den Haken gehängt habe, werde ich noch mal hinaufgehen, um allen die Hand zu schütteln. Nennen Sie mich altmodisch, aber haben Sie selbst nicht einmal gesagt, dass alles, was altmodisch ist, eine große Zukunft vor sich hat?

Ihr ergebener Ableser, Ludwik Wiewurka

26

Es war ein warmer und ruhiger Abend, wie es ihn nur Anfang September gibt. Die Gespräche unter den Gästen plätscherten dahin, der Wind stand still, und sogar die Wespen schienen es nicht mehr so eilig zu haben wie zu Anfang des Sommers. Nur Herr Sebastian war in Bestform. Er tänzelte von einem Tisch zum anderen und nahm die Bestellungen entgegen. Ich saß schon über meinem zweiten Wein und sah immer wieder zum Eingang des Gastgartens unter den »Drei gefallenen Eichen«.

Die Person, auf die ich wartete, war spät dran. Aber jeder brauchte immer länger in diesen Gastgarten, als er dachte. Es lag an der Steigung, die einen zwang, öfter stehen zu bleiben, um den Puls zu beruhigen. Als ich schon glaubte, sie würde nicht mehr kommen, betrat eine junge Frau den Garten und sah sich um wie jemand, der weiß, dass er zu spät gekommen ist, und es jetzt durch energisches Schauen gutmachen möchte.

Es war Schwester Sylwia.

Allerdings musste ich zweimal hinsehen, weil ich sie fast nicht erkannt hätte. Denn ich hatte sie noch nie in etwas anderem gesehen als in ihrer Schwesterntracht. Heute trug sie Jeans und ein einfaches T-Shirt. Ihre Haare waren nach hinten zusammengebunden, was bedeutete, dass sie vielleicht auch mit dem Rad hergekommen war. Schwester Sylwia blieb nach ein paar Schritten mitten im Gastgarten stehen und suchte die Tische nach mir ab. Sie ließ zweimal den Blick über mich hinweggleiten, bis sie mich erkannte. Auch sie hatte mich noch nie in ziviler Kleidung gesehen.

Sie kam auf meinen Tisch zu und zeigte ohne Umschweife auf mein Hemd. »Sie sehen in einem Hemd ganz anders aus als in Ihrer Uniform, irgendwie…«, sie suchte nach dem richtigen Wort, »…erwachsener.«

»Danke. Warum nehmen Sie nicht Platz? Der Weg hierher verlangt einem viel ab. Ich staune, dass Sie überhaupt noch stehen.«

»Das soll vermutlich ein Kompliment sein.« Sie setzte sich und schnaufte durch. »Das ist also der Ort, an dem Sie sich so gerne aufhalten? Jetzt weiß ich, warum. Es ist hier ein bisschen wie in der ›Weißen Tulpe‹. Wir beide sind hier mit Abstand die Jüngsten.«

»Das ist mir bis jetzt nicht aufgefallen. Eigentlich komme ich wegen der Aussicht und dem Wein hierher.«

»Eigentlich?«

»Heute komme ich wegen eines kleinen Geschenks, das ich für Sie habe. Aber was möchten Sie trinken? Es gibt hier guten Wein. Sie trinken doch Wein?«

»Gelegentlich.«

Ich gab Herrn Sebastian ein Zeichen, der immer wieder diskret zu uns hinüberschaute und in ständiger Bereitschaft war. Er lud ein Glas und einen halben Liter Veltliner auf das Tablett und erschien an unserem Tisch.

»Guten Tag, Herr Doktor«, begrüßte er mich und

fing an, wie aufgedreht zu reden: »Und wer ist Ihre charmante Begleitung? Sind Sie auch Ärztin?«

»Nein, ich bin Krankenschwester.«

Herr Sebastian goss ihr ein Glas ein und stellte es vor sie hin, als wäre es eine Schale mit Nektar.

»Möchte die Dame etwas essen zum Wein?«

»Später vielleicht, vielen Dank.«

»Bei uns gibt's kein Später. Das ist ein anderes Wort für nie.« Herr Sebastian wandte sich direkt an Sylwia. »Ich bringe euch trotzdem einen Kümmelbraten. Herr Doktor ist nämlich versessen auf Kümmelbraten. Das muss eine Krankheit unter Ärzten sein.«

»Zum Glück ist sie nicht ansteckend.« Schwester Sylwia verbiss sich ein Lächeln.

»Na, hoffentlich doch. Winken Sie nur, und ich bin sofort da.« Herr Sebastian schenkte Schwester Sylwia sein schönstes Lächeln und entfernte sich.

Sylwia sah mich ironisch an. »Doktor Ludwik? Wann haben Sie denn promoviert?«

»Er nennt hier jeden Doktor. Das ist so üblich. Sie kommen auch noch dran. Trinken wir auf Ihren ersten Besuch hier.«

»Auf den ersten Besuch.«

Wir prosteten uns zu und nahmen einen Schluck.

»Wie geht es in der ›Weißen Tulpe‹? Vermisst man mich dort?«, fragte ich.

»Schwer zu sagen. Ich weiß nur, dass Dr. Ring jetzt immer zwei Flaschen Sliwowitz in der Schublade hat.«

»Dann sollte ich ihm vielleicht bald dabei helfen, sie zu leeren?«

»Das ist nicht nötig. Er kommt gut allein damit zurecht. Aber er würde sich bestimmt freuen, den ersten und letzten Zivildienstler, den er jemals hatte, wiederzusehen.«

»Ich werde ihn nächste Woche besuchen. Das habe ich schon eingeplant.«

Ich machte eine Pause und wechselte dann das Thema.

»Und wie geht es Ihnen nach Frau Dobeneck? Sehen Sie immer noch alles so schwarz wie an jenem Abend?«

»Schwarz ist eine Farbe wie Gelb oder Grün. Und ich habe damals nicht alles schwarzgesehen, sondern nur im richtigen Licht. Wir leben eine Zeit lang, und irgendwann ist es vorbei. Das können Sie nicht schönreden. Nicht einmal an so einem netten Abend wie heute. So sind die Fakten, und ich habe großen Respekt vor den Fakten.«

»Und was ist mit der Schmetterlingstheorie? Haben Sie sie vergessen?«

»Keineswegs. Nur funktioniert die nicht bei allen so wie bei Ihnen.«

»Ich würde sie trotzdem nicht so schnell aufgeben. Ich war anfangs auch kein Anhänger Ihrer Tresortheorie. Das hat sich inzwischen geändert.«

»Tatsächlich? Wie das?«

»Als Sie mir Frau Dobeneck zeigten, haben Sie mich darauf gebracht, dass man auch in der Vergangenheit Hilfe suchen kann. So wie kranke Leute früher nach Amerika fuhren, um sich dort operieren zu lassen, weil es nur dort eine Klinik gab, die auf eine bestimmte Erkrankung spezialisiert war.«

»Sie vergleichen Amerika mit der Vergangenheit?

Wie originell. Aber ich will Sie nicht unterbrechen. Sie sind gerade so im Erzählfluss.«

»Ich habe eine Reise in mein inneres Amerika unternommen und mich dort operieren lassen. Ich erspare Ihnen die Einzelheiten, aber ich fand dort einen Tresor, in dem seit Jahren ein Medikament lag und auf mich wartete. Ich habe es eingenommen, und seitdem geht es mir wirklich besser. Und deshalb ist es das Mindeste, sich dafür bei meinem Arzt zu bedanken. Und das sind Sie.«

»Und Ihr Dankeschön besteht darin, dass Sie mir den Tod schmackhaft machen wollen?«

»Im Gegenteil. Ich denke nur, dass Sie an dem gleichen Problem leiden wie ich.«

»Das bezweifle ich. Ich bin nicht von einer Mutter im Stich gelassen und in einem fremden Land mir selbst überlassen worden. Ich hatte sogar gute Eltern und eine schöne Kindheit.«

Dr. Ring war offenbar doch nicht so diskret, wie er immer tat.

»Und dennoch haben Sie so panische Angst vor dem Tod. Ist das nicht noch bedenklicher? Ich hatte ja wenigstens einen Grund für meine Probleme.«

»Wollen Sie sich bei mir bedanken oder mich analysieren?«

»Bedanken. Und wenn Sie nichts dagegen haben, würde ich damit jetzt anfangen.«

»Ich bin ganz Ohr.«

»Als Erstes brauchen Sie jemanden, der Ihnen zuhört, wenn Sie etwas zu sagen haben, und Sie unterbricht, wenn Sie schwarzmalen.«

»Und das wären wohl dann Sie?«

»Wenn Sie nichts dagegen haben oder solange Sie keinen Geeigneteren finden. Zweitens brauchen Sie ein Lokal wie dieses, wo Sie trinken und den Weinberg betrachten können, aus dem dieser Wein stammt. Das ist heutzutage nicht so leicht zu finden.«

»Und drittens?«

»Und drittens brauchen Sie etwas wie das hier.«

Ich griff in meine Hosentasche und holte den Gipfel heraus. Ich legte ihn auf den Tisch, sodass man die Unterseite mit den glitzernden Punkten sehen konnte.

»Ist das nicht Ihr Glücksbringer?«, staunte sie.

»Nicht mehr. Jetzt gehört er Ihnen.«

»Das kann ich unmöglich annehmen.«

»Denselben Satz habe ich auch gesagt, als ich ihn bekam. Und ich hätte einen Riesenfehler begangen, wenn ich ihn nicht genommen hätte. Der, der ihn mir gab, behauptete, dass in diesem Gipfel ungeahnte Kräfte schlummern. Ich habe ihm nicht geglaubt, bis ich etwas Frappierendes entdeckt habe.«

»Wie definieren Sie frappierend?«

»Sehen Sie die glitzernden Punkte auf der Unterseite? Sie ergeben ein Muster, das mir die ganze Zeit bekannt vorkam. Als ich meine Expedition in die Vergangenheit unternahm, kam ich zu einem Fluss, an dem viele weiße Steine lagen. Sie ergaben das gleiche Muster wie die Punkte hier auf dem Gipfel.«

»Das war vielleicht Einbildung oder purer Zufall.«

»Vielleicht. Aber es spielt gar keine Rolle. Hauptsache, es verschafft einem eine Vogelperspektive, und deshalb möchte ich, dass Sie ihn bekommen. Noch dazu ist er so schön wie ein Edelstein, finden Sie nicht?«

Sie nahm den Gipfel in die Hand und betrachtete ihn. »Sie werden wohl nie erwachsen, was?« Sie lächelte.

»Schon möglich. Aber Hauptsache, ich bin kein Esel im achten Stock mehr.«

»Nun, dass Sie kein Esel sind, kann ich sehen. Aber Sie sind ganz sicher jemand, der felsenfest davon überzeugt ist, dass alles, was ihm widerfährt, eine Bedeutung hat. Und das ist schon etwas seltsam.«

»Glauben Sie? Ich denke, es gibt Schlimmeres.«

»Sie haben recht. Es gibt wirklich Schlimmeres. Zum Beispiel eine Frau, die vor Angst nichts mehr spürt.«

Sie legte den Gipfel zurück auf den Tisch. Plötzlich wirkte sie abwesend. Irgendetwas von dem, was wir gerade gesagt hatten, musste sie getroffen haben.

»Ich bin noch nicht fertig«, sagte ich, »da wäre noch etwas.«

Sie sah auf:

»Noch etwas?«

»Jetzt, wo Sie einen Gipfel haben, würde ich Ihnen gern den dazu passenden Berg zeigen. Er ist gleich da drüben.«

Ich zeigte auf den Weinberg.

»Sie wollen jetzt mit mir wandern gehen?«

»Ich dachte eigentlich mehr an einen Spaziergang für eine gute Sache.«

»Für eine gute Sache?«

»Versprechen Sie mir, es niemandem zu verraten?«

»Das werden wir sehen.«

»Als ich klein war, habe ich mir eines Nachts geschworen, die Sterne in die Tasche zu stecken. Und heute wäre vielleicht der richtige Moment dafür. Dazu müssten wir allerdings dort hinauf. Das würde die Distanz zum Nachthimmel erheblich verkürzen.«

Ich dachte, sie würde mich auslachen, aber stattdessen tastete sie nach dem Gipfel, der vor ihr auf dem Tisch lag, und nahm ihn in die Hand:

»Warum eigentlich nicht?«, sagte sie. »Ich habe noch nie einen Gipfel auf einen Berg hinaufgetragen.«

»Dieser Autor hat Witz, Pfiff, Humor.«

Marcel Reich-Ranicki

Radek Knapp

Herrn Kukas Empfehlungen

Roman

Piper Taschenbuch, 256 Seiten
€ 11,00 [D], € 11,40 [A]*
ISBN 978-3-492-23311-8

Ein Reisebus wie ein umgestürzter Kühlschrank, voll mit Wodka und Krakauer Würsten: Der junge Waldemar, polnischer Tunichtgut und Frauenheld in spe, ist unterwegs nach Wien, in den goldenen Westen …

Leseproben, E-Books und mehr unter **www.piper.de**